내 차로
가는
세계 여행

2. 남미 · 북미를 가로지르다

"가슴 한 켠에 뭔가 꿈틀거리는 것을 느꼈습니다."

미국 그랜드캐니언(남쪽)

"나는 잘 알고 있습니다.

내가 알고 있는 조촐한 단어들을 하나도 빠짐없이 모두 동원한다고 해도

이 대자연의 위용과 장엄함을 표현하기에

턱없이 부족하다는 사실을 알고 있습니다."

미국 그랜드캐니언(북쪽)

미국 그랜드캐니언-전망대 가는 길

"세월은 나 자신도 못 알아 볼 만큼 빠릅니다.
소름이 끼치도록 빠릅니다. 너무 빠릅니다."

내 차로 가는
세계 여행 2

남미 · 북미를 가로지르다

조용필 글 · 사진

———————

미다스북스

INDIAN OCEAN

남미북미
여행 경로

기간 : 2015년 10월 23일 ~ 2016년 07월 11일

이동 경로 : (모로코) ⋯▸ 쿠바 ⋯▸ 브라질 ⋯▸ 아르헨티나 ⋯▸ (칠레 ⋯▸ 아르헨티나 ⋯▸) 칠
레 ⋯▸ 볼리비아 ⋯▸ 페루 ⋯▸ 에콰도르 ⋯▸ 콜롬비아 ⋯▸ 파나마 ⋯▸ 코스타리
카 ⋯▸ 나콰라과 ⋯▸ 온두라스 ⋯▸ 과테말라 ⋯▸ 멕시코 ⋯▸ 미국 ⋯▸ 한국

PART 1

세상의 끝을 향해 달리다

PART 2

꿈에 그린 남미를 오르다

PART 3
별천지 북중미를 만끽하다

PART 1
세상의 끝을 향해
달리다

"인생은 짧고 세상은 넓다.
그러므로 세상 탐험은 빨리 시작하는 것이 좋다."

시이언 데이븐

Start
Again

프롤로그 _____ 시간은 멈추지 않으니, 지금 떠나라

　세상이 넓다는 것을 내게 처음 가르쳐 준 것은 차, 바로 자동차였습니다. 어릴 적부터 차를 탈 때는 언제나 앞자리를 택했습니다. 앞이 전망이 좋았기 때문이기도 했지만 운전기사의 동작을 보며 운전을 훔쳐 배울 수 있었기 때문입니다. 중학교 때는 차를 타고 먼 길을 등하교 하는 친구들이 부러웠고, 고등학교 때는 통학 열차를 타고 다니는 동무들이 아예 선망의 대상이었습니다. 그들이 새벽별을 보고 나와 다시 별이 뜬 늦은 밤에야 겨우 집으로 돌아갈 수 있다는 사실을 알고도 말입니다.

　꽃이 만발하던 지난 4월 19일. 그렇게 좋아하던 차를 직접 운전하며 그토록 동경하던 너른 세상으로 나왔습니다. 블라디보스토크을 출발할 때 드디어 떠난다는 걸 실감하고 느꼈던 그 감격과 불안함, 시베리아를 달리며 처음 보는 지평선의 감동, 몽골의 드넓은 초원을 질주하며 내지른 함성, 카자흐스탄의 지겹게 곧은 도로에서의 시샘, 키르기스스탄의 황홀한 자연에의

복종감, 타지키스탄 파미르에서 느꼈던 장엄함과 겸허함…. 이 모든 것들이 아직도 생생합니다. 중앙아시아를 지나오며 겪었던 많은 고난과 난관, 힘들었던 순간들이 어느덧 이제는 하나 둘 추억으로 변하여 지금은 기쁘게 되새김질로 즐기고 있습니다.

러시아와 에스토니아의 국경을 넘으며 유럽으로 들어올 때는 무더위가 기승을 부리던 7월 1일이었습니다. 약 4개월간 영국을 비롯한 유럽연합의 많은 국가들을 열심히 다니면서 많은 것을 보았고, 많은 것들을 배웠습니다. 또 수많은 사람들을 만났으며 그만큼 많은 사연들이 저절로 만들어졌습니다. 이 모든 것 또한 시일이 지나면 지금의 기억에서 추억으로 바뀔 것입니다. 그중 어떤 것은 금방 잊혀질 것이고, 또 어떤 것들은 오래도록 뇌리에 머물러 있을 것입니다. 가급적 많은 것을 기억에 담아 두고 싶지만 그건 애시당초 내 한계를 벗어나는 힘든 일이라는 것도 알고 있습니다.

아직 다 못한 여행이니 이제부터라도 시간이 흘러간다는 초조함에 내 인생의 가치와 우리 인생의 소중함을 빼앗기는 일이 더 이상 없도록 마음을 다잡아야겠습니다.

01 모로코 ——— 뜨거운 모래와 현란한 색의 아프리카

"원색의 향연, 그리고 강렬한 태양과 사막!"

01
MOROCCO

아프리카의 붉은 진주, 마라케시Marrakesh

런던의 히드로 공항을 이륙한 비행기는 다섯 시간을 날아 어두운 공항 활주로에 착륙했습니다. 모로코의 카사블랑카 공항이었습니다. 아프리카! 불어오는 건조한 바람에는 한낮의 열기가 가득 남아 있었으나 유럽에서 익숙해진 고급 향수나 화장품 냄새는 없었습니다. 대신 구체적으로 형언하기는 어려운 사람 사는 냄새, 생활의 짙은 냄새는 듬뿍 느낄 수 있었습니다.

모로코의 정식명칭은 모로코 왕국입니다. 인구의 98%가 이슬람 신도이며 여행 중에 만난 많은 모로코인들은 알라신뿐만 아니라 자기 조국 모로코와 국왕을 거의 신성시한다고 할 정도로 대단히 소중하고 자랑스럽게 생각하고 있었습니다.

땅도, 벽도 집도 시장도 온통 붉은 도시

곧장 마라케시로 가는 국내선 야간 비행기로 갈아 탔습니다. 푸른 하늘 아래 모든 것이 홍갈색입니다. 땅도 성벽도 붉고, 모스코도 집도 시장도 붉은 도시입니다. '아프리카의 붉은 진주'로 불리는 게 당연한 도시입니다.

　마라케시 메디나의 상징물로 자리매김한 쿠투비아 모스크의 내부에는 17 개의 예배당이 있고 25,000명의 신자들이 동시에 예배를 볼 수 있는 규모라고 합니다.

　그 앞의 넓은 광장은 제마 엘 프나라는 이름 외에 '메디나의 심장'이라고도 불립니다. '메디나'는 '구 시가지'를 일컫는 말입니다. 또한 '축제의 광장'으로도, 또 '사자의 광장'이라고도 불립니다. 예전엔 흉악범을 극형에 처한 뒤 효수해 두었기에 그런 이름도 있다고 합니다.

강렬한 태양만큼 뒷통수를 치는 호객행위

이 도시의 호객행위도 인도만큼은 아닐지라도 이집트에 버금간다는 대단한 소문이 붙어 있습니다. 휴대폰으로 지도를 보며 방향을 확인하는데 다가오더니 친절히 안내해 주겠답니다. 이미 파악한 길이지만 호의를 고맙게 여겨 따라갔는데 너무나 태연하게 만만찮은 액수를 달라고 합니다. 그 순간부터 모로코의 인식이 달라집니다.

사막 투어를 가기 위해 투어 여행사를 고를 때도 몇 차례 호객행위의 대상이 되어야 했습니다. 간판이나 포스터에 조금이라도 관심을 보이는 순간, 사무실로 잡혀(?) 들어갑니다. 의자에 엉덩이를 붙이기도 전에 미지근하게 식은 차가 나오고, 절친한 친구라도 되는 양 어투가 달라집니다. "오랜 프렌드! 우리랑 사하라를 가면 평생 알라신에게 감사하게 될 거야. 우리 말고는 거의 나쁜 놈들인데 우리를 만난 건 굿 럭! 이런 비용으로 사하라를 가다니 알라신의 가호를 받았어." 이런 이야기를 수십 번 듣고도 빠져 나오기 어렵습니다.

나는 이곳을 지나치는 관광객이고 이들은 이곳에 터잡고 사는 원주민입니다. 내게는 지나친 호객 행위고 바가지 상인이지만 그들에게는 매일 이어온 일상이라는 점은 이해합니다. 그래도 이렇게 빼앗기는 감정은 두고두고 마음이 상할 수 있습니다. 그러려니 하고 웃으며 지나쳐야 하는데 그게 어렵습니다. 나도 사람인지라.

잔뜩 기대했던 사하라 사막이었지만

마라케시에서 500여 km, 이틀을 달려 늦은 오후에야 사하라Sahara 사막 입구에 도착하니 녹슨 양철 간판 수십 개가 마을 입구에 도열하여 손님을 반깁니다. 사막 안의 캠프까지 낙타를 타고 갑니다. 석양의 사막, 불타는 노을을 찍고 싶었고 밤하늘의 쏟아지는 별, 우윳빛 은하수, 그리고 사막의 일출을 꿈꾸었습니다. 그러나 사막의 현실은 역시 냉정했습니다.

짙게 드리운 구름과 거친 모래바람. 가이드들 말로는 오랜만에 구름이 꼈답니다. 게다가 오늘은 보름이라 맑은 날씨라 하더라도 별을 보기에는 아주 나쁜 상황입니다. 사막의 석양도, 은하수를 보는 것도, 일출도 허락되지 않았습니다. 하룻밤 잠만 자고 떠나는 주제에 과욕, 객기를 부렸습니다.

사막이 아름다운 것은
마음으로만 찾을 수 있는 우물이 아직도 숨어있기 때문인가요?

애시당초 사막을 보겠다고 왔으면 최소한 닷새의 일정을 잡아야 하는데 불과 3일의 시간으로 사하라에 온 건 과욕 이전에 사하라에 대한 모독이었습니다.

생애 첫 사하라에서의 아쉬움

새벽 세 시쯤, 억지로 청한 잠에서 깨어나 잠시 뒤척이다가 조용히 캠프를 나와 혼자 밤의 사막을 맨발로 걸었습니다. 발가락 사이로 스며드는 모래가 그렇게 부드러울 수가 없습니다. 수만 년 바람에 몸을 싣고 사막을 누비고 다녔을 모래 알갱이들이 발등 위로 올라와서 놉니다. 바람을 타고 떠돌아 다니던 다른 모래알들도 발등과 발목을 간지럽힙니다.

"내 비밀은 이런 거야. 매우 간단해.
오직 마음으로 보아야 정확하게 볼 수 있다는 거야."라고 말한 여우를 아시나요?

양을 그려 달라던 어린왕자는 요즘도 이곳에 있나요?

고개 들어 별들과 속삭이려고 한 대화를 고개 숙여 모래알들과 나누었습니다. 다시 온다면 그때는 바이크로 오고 싶다고 어린왕자에게 말해 두었습니다. 사하라 사막을 사진에 담기 위해서라도 꼭 다시 오겠다는 약속을, 만나지도 못한 여우와 해 보았습니다. 근데 그 사진을 찍어서 어디에 쓰려는지는 나도 모른다고 모래알에게 말해 두었습니다.

그날 새벽 구름사이로 희뿌옇게 동녘이 밝아올 때까지, 생애 처음으로 사막에 간 50대 청춘은 그러고 놀았습니다. 사하라 사막에서 아쉬움만 남기고 돌아왔습니다.

아프리카의 바다에 서있는 모스크, 하산 메스키다

아쉬움만 가득했던 사막을 뒤로하고 모로코의 카사블랑카Casablanca에 왔습니다. 이 도시의 이름은 스페인어로 '하얀 집'이라는 의미입니다. 사하라의 뜨거운 모래에 익숙해져 있었는데, 눈앞에 나타난 것은 바다 위에 우뚝 선 듯한 하얀 모스크였습니다.

"신의 옥좌는 물 위에 지어졌다."라는 코란 구절에서 영감을 받은 하산 2세의 뜻에 따라 대서양을 매립하고 그 위에 지어진 하산 메스키다, '하산 2세 사원Great Mosque Hassan II'은 세계에서 가장 높은 모스크라고 합니다. 탑의 높이는 무려 200m! 내부에는 무려 만 명이 동시에 예배를 볼 수 있고, 광장은 8만 명이 들어 설 수 있는 놀라운 규모이며 내부 바닥이 유리로 되어 있어 발 아래로 대서양의 파도를 볼 수 있습니다.

모스크의 광장에 서서 대서양을 건너온 파도를 한참 동안 지켜보았습니다. 높은 산이나 큰 고개에 올라 멀리 바라볼 때는 힘들고 거친 길을 잘 지나왔다고 자부하고, 더 가보자는 의욕이 서는데 파도를 바라보면 언제나 내가 초라해지고 두려워집니다.

모로코의 역사를 그대로 보여주는 도시들

행정수도 리바트를 지나쳐 내륙의 페즈Fez로 왔습니다. 예로부터 하도 침략을 많이 받았기에 침입한 적이 길을 잃도록 하기 위한 생존 목적으로 골목을 일부러 복잡하게 만들었다고 합니다. 세계 최고의 미로 도시라는 말이 걸맞습니다. 도시 전체가 이곳 사람들의 삶을 보여주는 전시장과 같습니다. 마치 사람들이 길을 잃어보려고 일부러 찾아오는 듯합니다.

페즈에서 모로코 내륙의 험준한 아틀라스 산맥의 산자락들을 구비구비 어지럽게 돌던 버스가 언덕을 힘겹게 올라 내리막에 진입하자 저 멀리 산능성이에 이 푸른 도시가 그 모습을 드러냈습니다. 쉐프샤우엔Chefchaouen 입니다. 과거 이곳에 정착한 유대인들이 자신들의 집을 원주민들과 구분하기 위해 푸른 색을 칠했다고 합니다.

인터넷에서 본 극찬과는 달리 별 흥미를 느끼지 못한 우리는, 버스 정류장으로 내려가보고 탕헤르로 가는 버스가 있으면 이곳을 떠나기로 했습니다.

도시 전체가 이곳 사람들의 삶을 보여주는 전시장과 같습니다.
마치 사람들이 길을 잃어 보려고 일부러 찾아오는 듯합니다.

아프리카와 유럽 사이에서 맺은 빨간 버스의 인연

아프리카 대륙이 시작되는 탕헤르에서 유럽 대륙의 끝자락 스페인의 지브롤터까지 거리는 40km에 불과합니다. 맑은 날이면 언덕 위에서 바다 건너 스페인이 보인다고 합니다. 스페인의 지브롤터에서 당일 코스로 탕헤르 투어도 있을 정도입니다. 아프리카라고만 하기에도 그렇고 유럽이라고 하기에도 또 아쉽고. 유럽 문화와 아프리카 문화, 그리고 이슬람 문화가 뒤섞인 재미있는 도시입니다.

대서양에서 지중해로 들어가는 이 길목은, 이 도시를 차지하면 지중해연안의 국가들이 대서양으로 진출하는 것도 봉쇄할 수 있고, 대서양에서 지중해로 들어가는 것도 확실히 막을 수 있는 그야말로 대단한 전략적인 요충지입니다. 역사적으로 이 지역이 얼마나 중요한 가치를 가지고 있었는지는 말할 필요조차 없습니다.

강대국들의 마수같은 손길이 그칠래야 그칠 수 없는 곳입니다. 15세기 대항해시대가 시작되면서 유럽의 모든 나라가 전력을 다해 이곳을 차지하기위해 다툼을 벌입니다. 그 결과 1415년에 포르투칼이 점령하고, 1580년에는 스페인이 이곳을 차지합니다. 그 후 지금까지도 이곳은 분명한 모로코의 국토이나 스페인령으로 차지하고 있습니다. 지금도 스페인의 북아프리카 해군기지가 자리하고 있을만큼 전략적으로 중요한 지역입니다. 현재의 탕헤르 해안에서도 대단한 규모의 군사 시설물들을 볼 수 있었습니다.

탕헤르Tanger에서 우리는 누적 주행거리 99,999km의 빨간 미니버스를
타고 다녔습니다. 이 미니버스를 빌려준 주인은 이튿날 점심을 초대하겠다
고 했습니다. 흔쾌히 약속은 했지만 별로 기대하지 않았는데, 다음날 그는
정말로 우리를 데리러 왔습니다. 그리고 찾아간 그의 집은 페즈의 미로만큼
이나 복잡한 골목길과 비탈길을 지난 곳에 있었습니다.

사진첩에서 1번 부인
과의 사이에 낳은 딸과
손자들 사진도 자랑스럽
게 꺼내 보여주었습니
다. 1번 부인과의 사이에
둔 딸이랍니다. 지금 옆
의 부인은 2번이라고 합니다. 모로코의 남자들은 합법적으로 아내를 4명까
지 둘 수 있습니다. 올해는 더 열심히 일하여 3번 부인을 두어야겠다고 힘

주어 말하는 데 조금도 거리낌이 없습니다. 딸보다 더 젊은 2번 부인, 손자보다 더 나이 어린 아들…. 기가 막혔지만 이게 이들의 문화이고 풍습이니 이해할 수밖에 달리 도리가 없습니다.

향년 19살 꽃다운 나이의 2번 부인이 좁은 주방에서 열심히 요리를 만들어 왔습니다. 큰 쟁반 위에 쌀과 닭고기를 익혀서 만든 모로코 전통요리 쿠스쿠스를 그 댁 식구들과 함께 둘러앉아 맨 손으로 맛있게 먹었습니다. 사례의 표시로 가족들의 사진을 정성껏 찍어주었습니다. 가지고 있던 USB로 옮겨 전해주고 나왔습니다만 볼 수 있었는지 궁금합니다.

나이지리아에서 들려온 끔찍한 소식

이 여행에서 가장 기대를 많이 한 곳은 아프리카 대륙입니다. 그 기대만큼, 모로코에서는 블루와 핑크, 갈색과 흰색의 현란한 원색, 사막의 뜨거운 태양만큼이나 강렬한 에너지를 듬뿍 느낄 수 있었습니다.

그런데 유럽으로 들어설 무렵부터 아프리카 내부의 사정, 특히 나이지리아 쪽의 상태가 최악이라 할 정도로 나빠졌습니다. '나이지리아의 검은 탈레반'이라는 보코하람의 테러와 납치, 살인행위는 끊임없이 자행되고 있다는 끔찍한 소식이 들려왔습니다. 결정적인 계기는 지난 8월 하순, 보코하람 조직이 마을 주민 56명을 학살하였다는 뉴스였습니다. 그 마을은 우리 여행의 예정 경로에 포함되어 있는 지역이었습니다. 더 이상 가족들의 반대를 무릅쓰고 고집을 부리면서까지 강행해서 아프리카를 여행할 자신이 없어졌습니다. 지체없이 경로를 변경했습니다. 남미로!

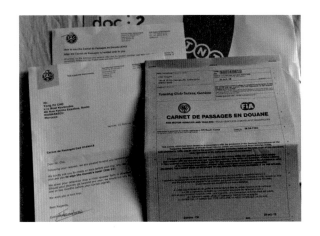

TIP   까르네|Carnet de Passages en douane

자국에서 자동차를 생산할 기술 능력이 없는 개발도상국과 제 3세계 국가들은 자동차가 재산의 개념이 강하기 때문에 중고차 값이 납득하기 어려울 만치 고가입니다. 때문에 여행자가 무관세 반입한 차를 처분한 후 세금을 포탈하고 출국하는 것을 방지하기 위해 아프리카와 남미 등의 많은 국가에서는 자동차 여행자에게 이 까르네를 요구하고 있습니다.

자동차를 가지고 해외로 나가는 여행자가 거의 전무한 우리나라에서는 자동차용 서류를 발급할 기관이 아직 없습니다. 때문에 비싼 수수료와 보증금을 지불하고 스위스의 까르네 협회 본사에서 발급받아 국제 우편으로 수령했습니다. 여행을 마치고, 내 차를 한국으로 다시 가져왔다는 관세청의 확인을 받으면 보증금을 되돌려 받게 됩니다. 보증금은 차량 시세의 100%입니다.

"안녕하세요!"

"어! 한국말을 할 줄 아시네!"

"사상공단에서 2년간 일을 했어요.

작업반장 말고는 한국 사람 다 너무 좋아요"

누구십니까, 작업반장님.

02 쿠바 ——— 카리브 해에 떠있는 미지의 붉은 섬

CUBA

바라데로 해변

"쿠바에서는 비상식이 상식입니다."

이륙이 걱정되는 낡은 비행기를 타고

1980년대 중반, 30년 전에 두근거리는 가슴을 안고 생애 처음 해외 여행을 갔을 때도 이보다 더 좋은 신형 비행기를 탔던 것으로 기억합니다. 개인 독서등도, 콘센트도, 심지어 베개도 없는 거의 폐기 직전의 낡은 비행기. 자리에 앉아 안전벨트를 매면서도 이게 과연 이륙할 수 있을까 염려스러울 정도였습니다.

대서양을 무사히 건너 수도 아바나의 호세 마르티 국제공항의 활주로에 안착하자 모든 승객들이 발을 구르고 박수를 치고 휘파람을 불면서 환호하며 그 기적을 즐겼습니다.

쿠바는 남북으로 약 70~200km이지만 동서로는 1,300km나 되는 길쭉한 오이 모양의 지형을 가지고 있습니다. 대서양과 카리브해를 접하고 있는 작은 섬나라이지만 이 섬의 면적이 우리나라보다 더 넓다는 사실은 대부분의 사람들이 잘 모르고 있습니다.

항상, 부족하거나 아예 없거나

아바나Habana의 가장 번화한 거리를 걸어 보면 이상함이 느껴집니다.
우리의 명동 같은 대형 상점가지만 실상은 전혀 다른 모습입니다. 수많은
상점 내부에는 상품이 거의 없습니다. 그러나 아바나를 벗어나면 아바나의
사정은 오히려 나은 편이라는 것을 알게 됩니다. 아바나 이외의 쿠바에서
는 호텔과 레스토랑이 아니고서야 모든 게 부족하거나 아예 없습니다. 상품
번호를 노트에 기록하고 판매합니다. 로컬 가격이 아니니 서울보다 싼 편도
아닙니다.

잠깐 정전이라는데 냉장고를 들여다보면 텅텅 비어 있습니다. 며칠동안 이 가게만 정전이 계속되고 있는 걸까요. 당연히 야채, 빵, 계란, 소세지 등 의 식료품은 슈퍼에서 살 수가 없었습니다.

매주 토요일 아침의 번개시장에 가야만 이런 것들을 구할 수 있습니다. 고급 호텔에 머물 수 없는 우리 같은 내핍형 외지인은 장터에서 이것저것 확보해 두어야 일주일간 굶주림에서 벗어날 수 있습니다.

그렇게 아바나에서 일용할 양식을 구비한 후 카리브 해의 진주, 바라데로 해변을 향합니다. 길쭉한 섬에서 촉수처럼 쭈욱 뻗어나와 있는 해변입니다.

여행과 변화를 사랑하는 사람은 생명이 있는 사람이다
— 바그너

카리브 해의 진주, 바라데로 해변

혁명 영웅 체 게바라의 나라, 쿠바

쿠바를 돌아다니다 보면 어디서나 '체 게바라'를 볼 수 있습니다. 장식품, 동상, 그림, 심지어 저렇게 건물만 한 얼굴도 보입니다. 미국의 반식민지 시기, 독재정치의 혼란스러운 시절에 등장한 혁명 영웅이 바로 체 게바라입니다. 그는 혁명 후 쿠바 정부의 핵심 요인이 되지만 그런 지위를 모두 버리고 콩고, 볼리비아 등지의 혁명을 지원하고자 홀연히 쿠바를 떠났습니다. 그후 1967년 볼리비아에서 정부군에 체포되어 공개 총살을 당하면서 영화보다 더 영화 같은 일생을 마감합니다.

쿠바 제2의 도시 산타클라라Santa Clara에는 체 게바라 기념관이 있습니다. 엄청난 규모의 공원이며 혁명 용사들의 국립묘지가 있습니다. 사진의 동상과 기념탑 지하 부분에는 대형 박물관이 있습니다. 내부에는 별 특이한 게 없는데도 사진촬영이 엄격하게 금지되어 있습니다. 입구의 보관소에 모든 카메라를 보관하고 들어가도록 되어 있습니다. 그런데 신경쓰지 말고 비석 위에 잡초나 뽑지.

쿠바에서만 느낄 수 있는 감격

쿠바에는 우리의 일반 상식으로는 이해가 쉽지 않을만치 없는 것이 많습니다. 인터넷도 어렵습니다. 와이파이도 기대하지 마시길. 쿠바에서는 가는 곳마다 타임머신을 타고 과거로 시간여행을 온 듯한 기분을 자주 느낄 수 있습니다. 이런 게 쿠바에서만 느낄 수 있는 별미이고 쿠바 여행의 묘미

▼ 체 게바라 기념관

입니다. 도시 전체가 세계문화유산에 등재된 트리니다드Trinidad의 주민들 역시 수백 년이 넘은 건물들을 보존하며 열심히 살아가고 있습니다.

없는 것이 너무 많은 쿠바지만 그림을 그리거나 악기를 연주하는 예술가들은 쉽게 볼 수 있었습니다. 시가를 물고 있는 저 할배는 사진을 찍히고 돈을 받습니다. 그게 직업입니다. 저것도 예술이라면 예술입니다.

어디를 가도 흥겹게 춤추고 유연하게 몸을 흔드는 모습을 볼 수 있습니다. 심지어 낡은 트럭의 적재함에 타고 가면서도 음악에 맞춰 율동을 즐기는 모습을 볼 수 있을 정도입니다. 알고 보니 우리 귀에 흔히 익은 살사, 룸바, 볼레로, 맘보, 차차차 등은 모두 쿠바의 리듬이라고 합니다.

열흘 가량 쿠바에 머무르는 내내 조금은 감격스럽다고 할만치 들떠서 다녔습니다. 쿠바를 벗어나니 한 번 더 쿠바에 가 볼 기회가 생긴다면 아주 차분하고 안정적으로 다녀볼 수 있다는 자신감이 생겼습니다. 아무튼 내게 쿠바는 불편한 것이 너무나 많으면서도 꼭 한 번 더 다시 가고픈 멋진 곳으로 기억되어 있습니다.

쿠바의 여행자 카드

쿠바는 여느 국가와 달리 입국절차가 조금 특이합니다. 입국 비자를 따로 사야 합니다. 정확히 말하면 비자가 아니고 여행자 카드Tourist Card입니다. 쿠바에 입국할 때 쿠바 정부가 지정하는 항공사, 여행사에서 비행기표를 구입할 때 같이 사야합니다. 영사관에서 발급하는 정식 비자가 아니지만 이게 없으면 입국이 허용되지 않습니다. 일종의 입국세 납부 증명서라고 생각하면 맘이 편합니다. 가격도 천차만별입니다. 우리는 1인당 50유로를 지불했는데 어떤 이는 80유로에, 어떤 이는 20유로에 구입했다는 사람도 있었습니다.

달러와 두 가지 화폐에 주의!

미국의 플로리다와 불과 150km밖에 떨어져 있지 않지만 달러는 찬밥신세입니다. 환율도 아주 엉망입니다. 호텔과 고급 식당 외에서는 거의 통용되지도 않는 신용카드지만 미국계 카드는 아예 사용이 불가능합니다. 의외로 캐나다에 우호적이므로 가급적 유로화나 캐나다 달러를 가지고 가는 것이 손해를 적게 보는 셈입니다.

또한 쿠바에서는 두 가지 화폐를 사용합니다. 내국인만 사용하는 쿠바 페소인 쿠바노Cubano(CUP, 쿱)와 외국인용 페소인 콘베르티블레 Convertible(CUC, 쿡)를 엄격히 구분하여 사용하고 있습니다. 1CUC가 대략 24CUP인 환율입니다. 그렇지만 어떤 경우는 둘 다 통용되기도 하니까 무척 헷갈립니다.

쿠바인들이 올드카를 사랑하는 건

컬렉션 개념이 아니라 생존이고 투쟁입니다.

자동차가 없으니, 수입이 어려우니 고쳐 쓰고, 두들겨 펴서 쓰고,

두 대를 분해해서 한 대로 만들어 쓰면서 근근히 버텨온 겁니다.

한쪽에서는 치열한 생존에 허덕이는데

다른 쪽에서는 올드카 천국이니 자동차 매니아니 합니다.

이게 현실입니다.

"언어로는 도저히 표현할 수 없는 대자연의 위용과 장엄함"

BRAZIL

이구아수 폭포

비싼 댓가를 치르고 남미에 오다

10월 23일, 런던 틸베리Tilbry 항에서 차를 컨테이너에 실어 브라질로 가는 배에 선적했습니다. 해상운임, 관세와 통관수수료, 신용장의 기재내용이 틀렸다고 내야 하는 이상한 벌금과 컨테이너 사용료, 그리고 제발 빨리 좀 처리해 주십사 하는 작은 바람을 담은 성의까지, 일반 사람들은 이해하기 힘든 금액, 천만 원을 훌쩍 넘는 비용을 지불하였습니다.

예정의 서너 배가 넘는 금액을 들여가면서까지 남미 여행을 다닐 가치가 있을까 하고 수십 번이나 자문해 보았습니다만 차를 이미 선적했고, 그 배가 출항한 이상 되돌리지도 못할 형편이었습니다. 경비문제는 잊어버리고 기쁜 마음으로 남미를 여행하겠습니다.

브라질의 국토는 우리나라의 무려 85배입니다. 가장 긴 쪽의 길이가 남북으로 4,300km 동서로도 4,300km 정도입니다. 과거, 브라질의 수도였던 리우 데 자네이루로 들어왔습니다.

"희망차게 여행하는 것이 목적지에 도착하는 것보다 좋다."

– 로버트 루이 스티븐슨

산과 바다 사이의 경이로운 도시, '리우 데 자네이루'

1502년 1월, 이곳에 내린 포르투칼인은 이곳의 길쭉한 만을 강으로 잘못 알고 포르투칼어로 '1월의 강'이라는 뜻의 '리우 데 자네이루Rio de Janeiro' 라고 했고, 그게 이 도시의 이름이 되었습니다.

강으로 오해할 만큼 길쭉하게 펼쳐진 코파카바나 해변과 함께 세계적 휴양지로 알려진 이파네마 해변, 새로운 세계 7대 불가사의의 하나로 선정된 거대한 예수상이 세워진 코르코바도 산. 산과 바다 사이의 '경이로운 도시'는 예술가들에게 영감을 주는 도시로 유명합니다.

코르코바도 정상의 거대한 예수상은 리우를 대표하는 상징물로 시내에서도 보일 정도로 거대합니다. 리우의 또 하나의 명물은 파도 모양의 인도 블럭입니다. 작은 대리석 조각들을 퍼즐처럼 끼워 만들어져 있습니다. 흑백의 두 색으로 해안 도로는 물론 시내 곳곳의 인도를 장식하고 있습니다. 머리 위에 모자를 수십 개 겹쳐 쓰고 팔러다니는 해변의 모자 상인도 리우 사진의 단골 출연진입니다.

　‘팡데아수카르Pao de Acucar’라는 긴 이름을 발음하기 어려웠던 우리는
저 암산을 빵바위라고 불렀는데 이곳 사람들은 설탕덩어리, 혹은 종바위라
고 합니다. 케이블카를 두 번 타고 올라가야 하는 꼭대기까지는 해발 396m
입니다.

　칠레 출신의 예술가, 세라론은 이곳 리우에 터잡고 자신의 동네를 예술적
으로 새롭게 치장하기로 결심합니다. 그는 세계 각지에서 타일을 지원받아
2만여 개의 타일로 이 동네를 새단장했습니다. 예술가의 이름을 따 ‘세라론
계단’이라고 이름 붙였다고 합니다.

도시의 윗쪽, 빈민가 파벨라Favela

예술적 영감에 가득 찬 도시를 지나 언덕으로 올라가면 다닥다닥 붙어 비탈에 자리한 마을이 나옵니다. 리우에는 이런 동네가 수백 개나 있다고 합니다. 파벨라입니다.

여행 안내소나 다른 블로그에서 파벨라를 꼭 가보아야 한다기에 지명인 줄 알고 찾아보았는데 동네 이름이 아니고 '빈민가'라는 뜻을 가지고 있습니다. 불과 2~3년 전만해도 외지인이 혼자 여기에 들어오는 것은 목숨을 건 위험천만한 일이었다고 합니다.

저 많은 집들에 사는, 저 많은 사람들이 무엇을 하고 사는지, 무엇을 먹고 사는지, 오늘은 어떤 일을 했는지, 어떤 꿈을 가지고 있는지 궁금합니다. 저 곳에 터 잡고 사는 저네들은 도리어 나를 보고 그렇게 생각하겠지요. 저 양반은 무얼 하고 사는지, 이 멀리 와서 오늘은 무얼 먹었는지. 무슨 생각으로 이 지구 반대편까지 온 건지, 살면서 무슨 사연을 가지고 있는지.

그렇습니다. 사람 사는 건 다 똑같습니다. 단지 어디서, 어떻게 살고 있냐가 다를 뿐입니다. 집 앞 골목의 비탈이 심해서 그렇지 모두들 열심히 잘 살고 있습니다. 좁은 담벼락에 월드컵 결승전에 출전한 축구선수들 이름을 기록하고 아빠가 출근하며 주신 용돈을 꼭 움켜쥐고 뛰어가 사탕을 사먹을 수 있는 구멍가게도 있습니다. 산동네지만 여기서 태어나서 자란 이들은 동네를 놀이터로 삼아 신나고 즐겁게 살고 있었습니다.

대단한 건축물이나 경이로운 자연의 모습보다
더 큰 감동을 주고 가장 오랫동안 기억에 남는 것은

역시 사람입니다.

사람 사는 모습, 그 이야기를 즐기는 것이 여행의 가장 기본입니다.

통관에 3주나 걸리는 까다로운 브라질

3주일째 리우에서 벗어나지 못하고 있습니다. 자동차의 통관 문제가 해결되지 않았기 때문입니다. 남미 여행을 브라질에서 시작한 건 이번 여행의 최대의 실수인 듯 합니다. 의외로 통관 절차가 더디고 까다롭습니다.

참 많은 사람들에게 도움을 요청했습니다. 살면서 한 번도 만난 적 없던 사람들에게 이렇게 많이 신세를 질 줄은 몰랐습니다. 인연이란 얼마나 무섭고 고마운 것인지. 이 인연을 공부 삼아 앞으로 나도 내가 도울 수 있는 사안이 나타나면 아낌없이 도움을 주겠노라 다짐해 봅니다.

11월 18일 새벽 리우에 와서 24일만인 12월 12일에야 차를 겨우 통관시켰습니다. 자동차는 우리 네 식구 여행의 다섯 번째 가족입니다. 어쩌면 그 이상일지도 모릅니다. 대서양을 건너와서도 빛 한 점 없는 컨테이너에 갇혔다가 정확히 50일만에 밝은 세상으로 나온, 말 못하는 내 가족은 곰팡이 투성이가 되어 있습니다.

지구 남쪽에서 가장 큰 도시 상파울루

새벽부터 씻고 닦고 다듬은 후 아침식사도 거르고 곧장 리우를 떠났습니다. 리우를 떠난 지 8시간 450km, 브라질의 거대 도시 상파울루Sao Paulo에 도착했습니다. 지구 남반구에서 가장 큰 도시라고 합니다. 얼마나 큰가 쉽게 설명하면 서울시의 두 배 반 정도 된다고 할 수 있습니다. 더 쉽게 설명하면 제주도보다 조금 작은 도시입니다.

극과 극이 사이좋게 나란히 뒤섞여서 공존하는 도시입니다. 낡고 구겨진 고물차와 고급차들이, 최신식 고층 건물과 백 년 넘은 건물이 나란히 서있습니다. 그리고 세련미 넘치는 멋쟁이들과 누추한 거리의 걸인들이 주저 없이 담배를 나눠 피우는 모습도 볼 수 있는 재미있는 도시이기도 합니다.

 GO!

▼ 마링가의 메트로폴리타나 성당

BRAZIL

갓 내린 커피가 겨우 500원!

통관 때문에 예정보다 훨씬 지체된 일정이라 서둘러 국경의 이구아수 폭포를 향합니다. 리우에서 상파울루까지 남으로 450km를 달려왔습니다만 이곳에서 서쪽 국경까지 가뿐히 1,000km 이상 남았습니다. 마링가Maringa에 또 하루 여장을 풀었습니다. 유명한 커피 생산지입니다.

나는 커피를 좋아합니다. 남미에 와서 좋아하는 커피를 많이 마십니다. 맛도 뛰어나지만 가격은 더욱 훌륭합니다. 갓 내린 신선한 커피가 보통 한 잔에 우리 돈 500원 정도입니다. 이 정도 맛이라면 우리나라에선 5천 원으로도 만나기 힘든 커피입니다.

1982년 내가 이등병을 갓 달았을 때의 그 참모부의 장교들은 아침마다 커피를 마시며 회의를 했습니다. 자판기에 동전을 넣고 커피를 뽑아오는 것은 내 할 일이었지만, 내 몫의 커피는 없었습니다. 입대 후 한 번도 커피를 마시지 못한 나는 환장할 만큼 커피를 마시고 싶었습니다.

야식으로 배급되던 우유팩 옆에 붙어 있던 주름잡힌 빨대를 소중히 군복 주머니에 넣었습니다. 다음날 아침, 커피 자판기로 향했습니다. 여느 때와는 달리 두근거리는 마음으로. 평등하게, 침착하고 신중하게 행동했습니다. 컵마다 빨대로 한 모금씩 골고루, 표 나지 않게 마신 적이 있습니다. 아직까지 그렇게 감동적인 커피를 마셔보지 못했습니다.

나는 잘 알고 있습니다.
내가 알고 있는 조촐한 단어들을
하나도 빠짐없이 모두 동원한다고 해도

이 대자연의 위용과 장엄함을 표현하기에
턱없이 부족하다는 사실을 알고 있습니다.

세계에서 두 번째로 큰 댐, 이타이푸Itaipu

종일 폭포에서 놀란 가슴을 진정시키고 늦은 오후에 이타이푸 댐으로 갔습니다. 높이는 196m, 길이는 7,370m의 거대한 댐입니다. 세계 최고의 발전 용량을 가진 최대 규모의 수력발전소였는데 중국의 샨샤댐이 건설되어 2위로 밀렸습니다. 그래도 우리의 소양강 댐의 63배나 되는 전력을 생산한다고 합니다. 댐을 건설하여 전력을 공급하고 홍수 피해도 줄이고, 공업용수도 공급하고 또한 이미 2천만 명 이상의 관광객이 다녀갔다고 합니다. 성공적인 개발사업 모델에 감탄을 거듭하며 아르헨티나로 넘어갑니다.

대자연의 위용이나 장관을 보면 언제나 사람은 미약하고 나약한 존재라는 생각을 지울 수 없습니다. 하지만 이런 거대한 인공물들을 보면 사람은 참 대단하고 무서운 집념의 존재라고 생각하게 됩니다. 브라질과 파라과이의 국경지대에 위치한 이 댐은 두 나라가 공동으로 건설했습니다. 공사를 시작하기 전에 3년 동안 동식물 생태 조사를 했고, 호수 주변에 1,400만 그루의 나무를 옮겨 심었다고 설명되어 있습니다.

　　남미 최대의 도시답게 지하철도 가장 복잡하고 노선이 많습니다. 상파울루를 다니면서 시내 교통체계는 물론, 고속도로의 설비 시스템도 뭔가 우리나라와 많이 닮았다는 생각이 몇 번이나 하였습니다. 나중에 보니 우리나라의 버스 전용 중앙차로 제도와 자전거 전용도로 등은 상파울루 남부 쿠리치바의 시스템을 벤치마킹했다고 합니다.

"꿈꾸는 여행자들의 최종 목적지"

ARGENTINA

티에라 델 푸에고

'그냥 뛰어 내리고 싶다.'
순간 그런 생각이 들었습니다.
그러고는 혼자 소스라치게 놀랐습니다.

나의 정신까지 집어 삼키는,
그야말로 '악마의 목구멍'입니다.

악마의 목구멍 이구아수 폭포

브라질의 이구아수에서 직접 운전하여 아르헨티나로 국경을 넘었습니다. 출국심사, 세관통과, 입국심사, 세관통과 이 과정이 불과 30분 만에, 십 원 하나 들지 않고 그냥 끝났습니다. 아르헨티나 쪽에서 보는 이구아수 폭포의 별칭은 '악마의 목구멍'입니다. 갑자기 쏟아지는 비와, 폭포수의 물보라 때문에 사진도 제대로 찍을 수 없었습니다. 귀를 울리는 굉음과 함께 눈앞에 이런 장관이 펼쳐지니 순간적으로 그냥 뛰어 내리고 싶다는 생각이 들어 스스로 소스라치게 놀랐습니다. 섬뜩하고 소름이 끼칠 정도였습니다.

끝없는 지평선을 달려 도착한 부에노스 아이레스

그리고 사흘 동안 지평선만 구경하며 달렸습니다. 하루 종일 몇 번씩이나 폭우와 햇빛을 번갈아 받아가면서 450km를 달려 코리엔티스 Corrientes, 다시 420km를 달려 산타페Santa fe를 지났습니다. 지평선만 보고 며칠째 지겹도록 달리면 하늘의 매, 초원의 소와 양 마릿수 맞추기, 멀리서 말의 암수 구분하기, 다가오는 차 번호판의 끝자리 홀짝 맞추기 이런 사소한 것들을 모두 즐길거리로 만들 수 있는 경지에 다다를 수 있습니다.

  그 다음날 또 빗속을 510km나 달려 부에노스 아이레스Buenos Aires에 도착하였습니다. 세상의 끝에서 3,000km 떨어진 곳입니다. 부에노스 아이레스라는 이름은 원래 '좋은 공기'라는 뜻입니다. 그렇지만 현실은 약 천만 명이 넘는 사람들이 몰려 사는 거대 도시답게 그 뜻 이름과는 한참 거리가 멀었습니다. 공기뿐만 아니라 길바닥에 먼지와 쓰레기들도 많고, 대형 애완견들이 많아 길을 걸을 때 항상 발아래를 주의 깊게 살피지 않으면 봉변을 당하기 일쑤인 곳입니다. 그야말로 이름값 못하는 격입니다.

 GO!

도시의 중심, 혁명의 중심 5월 광장

그러나 도시 구획만큼은 혀를 내두르지 않을 수 없습니다. 이 도시 뿐만 아니라 아르헨티나의 대부분의 도시는 스페인 식민지 시기, 철저한 도시계획에 의해 건설되었습니다. 시내의 모든 도로는 마치 바둑판처럼 한 변의 길이가 정확히 100m인 정사각형의 블록으로 되어 있으며 이를 쿠아드라 Cuadra라고 합니다. 그 사이로 씨줄 날줄처럼 도로망이 잘 갖춰져 있습니다.

바둑판처럼 만들어진 도시의 중심에 있는 카사로사다Casa Rosada. 스페인어로 '분홍빛 주택'이라는 뜻의 대통령 궁입니다. 실제로 대통령이 이곳에 거주하며 집무를 보고 있습니다. 이 궁 정문 앞으로 펼쳐진 광장이 5월 광장입니다.

광장에서 조금 벗어난 지점에 이 도시를 상징하는 오벨리스크가 하늘을 찌를듯이 위용을 자랑하고 있습니다. 1946년 이 도시의 400주년을 기념하기 위해 올린 67m 높이의 이 탑은 단 4주라는 시간에 완공되었다고 합니다. 위용도 당당하게 왕복 22차선 한가운데에 자리를 차지하고 있습니다. 안내서에는 이 도로가 세계에서 가장 넓은 차로라고 적혀 있었습니다.

몽골의 서부를 지날 때는 옆으로 50대를 훨씬 넘는 차 바퀴 자국이 남겨져 있는 넓은 초원을 달린 적이 많았었는데, 이 안내서를 만든 사람은 그곳을 아직 못 가본 게 분명합니다.

카빌도 ▶

DIECISIETE DE ESTAS TUMBAS REPRESENTAN A LOS
SOLDADOS QUE MURIERON DEFENDIENDO EL LITORAL
MARITIMO PATAGONICO, DESDE DONDE LA AVIACION
ARGENTINA ATACABA A LA FLOTA BRITANICA EN 1982
INTEGRAN LA NOMINA DE 649 MUERTOS
POR MALVINAS, QUE FIGURAN EN EL CENOTAFIO DE PLAZA
SAN MARTIN Y DARWIN EN MALVINAS.

5월 광장의 묘비 ▶

메트로폴리타나 대성당 ▼

이 광장은 1810년 정부 설립과 독립 선언을 한 의미 있는 장소입니다. 카빌도Cabildo라는 이름의 스페인 식민지 시절의 총독부 건물입니다. 1810년 이 건물에서 독립선언문을 발표했다고 합니다. 또한 전쟁으로 목숨을 잃은 병사들을 기리기 위한 묘비도 있습니다.

'이 17개의 묘비는 1982년 영국과의 포틀랜드 전쟁에서 사망한 649명의 병사들을 위한 것. 그들을 위해 기념비를 세웠다.' 뭐 대충 이런 내용입니다. 짧고 어두운 영어와 아예 캄캄한 스페인어를 억지로 퍼즐하듯 짜맞추어 이만큼이라도 알아내었습니다. 죽은 자는 한 마디 항변도 할 수 없고, 그 비문 옆에서 산 자들은 얼싸안고 춤추며 뛰놀고 있었습니다.

지금도 국가의 큰 행사나 집회는 이곳에서 수만 명의 사람들이 모여 치러진다고 합니다. 이 궁을 중심으로 대통령 궁과 대성당, 총독부 등 많은 기관과 명소들이 모여 있습니다.

5월 광장에 있는 또 다른 명소, 메트로폴리타나 대성당 정면 12개의 기둥은 12사도를 의미한다고 기록되어 있습니다. 내부에 군인들이 있어 의아했는데 이 성당 지하에는 아르헨티나 독립의 아버지, 호세 데 산 마르틴 장군의 유해가 안치되어 있다고 합니다.

환상적인 네 다리의 예술 탱고

탱고는 1,800년 무렵에 이곳 부에노스 아이레스에서 시작되었다는 설이 가장 유력하다고 합니다. 흔히 '네 다리의 예술'이라고 합니다.

길거리에서 일반인들이 춤추는 모습을 찍고 싶었는데 호스트의 말로는 크리스마스 시즌이라 일 년 중 치안이 가장 불안하고 위험하답니다. 아예 전용 공연장으로 발길을 돌렸습니다.

공연을 시작하기 전에 희망자들을 모아 잠시 기본 스텝을 가르쳐주고 와인도 한 잔씩 돌렸습니다. 이 나이에 프로처럼 춤을 배워서 춘다는 것은 언감생심, 불가능하다는 걸 잘 압니다.

그냥 취미로 배워 신나게 돌고 싶은데 그것조차 예사로운 노력 없이는 불가능하다는 것도 잘 알고 있습니다. 보는 것마다 좋은 건 다 배우고 싶으니 이 욕심은 또 어떻게 해야 할지 모르겠습니다.

눈앞에서 펼쳐지는 네 다리의 예술은 춤에 대해서도 문외한인 내 눈에도 우수적이고 우울한 분위기이면서 한편으로는 환상적이었습니다. 끈적끈적한 눈빛, 육감적인 춤 동작에서 정열과 매력, 향수와 그리움을 느낄 수 있었습니다.

세상의 끝, 우수아이아에 서다

사흘간 부에노스에 머문 후 또 길을 나섰습니다. 3번 루트의 총 연장은 3,670km입니다. 수도 부에노스 아이레스에서 남미 대륙의 끝인 우수아이아까지의 거리입니다. 지평선만 보고 달리면서 며칠째인지 헤아리다가 날짜 세기를 포기했습니다.

며칠 만에 만난 산이 반가워 환호성을 지르고 내려 사진까지 찍었습니다. 일주일 이상을 달리면서 지평선 말고는 본 게 없을 때 어떤 기분인지 궁금하시면 직접 달려보시기 바랍니다.

부에노스 아이레스에서 공업도시 바이아블랑카Bahia Blanca를 거쳐 마젤란 해협을 건너 3,000km를 넘게 내려왔습니다. 더 이상 내려갈 곳이 없습니다. 부에노스에서 머문 며칠을 제외하면 거의 열흘 동안 달려온 거리입니다. 아르헨티나에서 국경을 넘어 칠레를 거쳤다가 다시 아르헨티나로 넘어와야지만 이곳에 올 수 있습니다.

엘 핀 델 문도El fin del Mundo. 스페인어로 '세상의 끝'이라는 뜻입니다. 세상의 끝, 대륙의 끝, 육지의 끝이라는 우수아이아Ushuaia에 드디어 닿았습니다. 여행을 꿈꾸기 시작하고부터 그렇게 원했던 이곳에 드디어 왔습니다.

수십 년 별러 온 꿈을 성취하는 이 순간 한 줄기 뜨거운 눈물이라도 흐를 줄 알았습니다. 식구들 앞에서 눈물을 흘리면 어쩌나 염려했는데, 그냥 무덤덤하였고 마음은 지극히 평온했습니다. 그리고 아주 짧은 순간 일찍 돌아가신 아버지 얼굴이 떠올랐습니다. 지금의 나보다 훨씬 더 젊으신 얼굴이었습니다.

그동안 얼마나 여기를 갈망했는지 생각해 보았습니다. 무엇 때문에 이 머나먼 곳을 그토록 애절히 원했나 생각해 보았습니다. '많은 사람이 가지 못한 곳이니 나는 꼭 가야지' 하는 속 빈 우월감이 아니였는지, '아무나 갈 수 없는 곳이니 꼭 가보아야지' 하는 자기 과시는 아니었는지, '나는 여기 세상의 끝에 와 보았어' 하고 자랑하려는 값싼 허영심은 아니었는지.

선뜻 그런 게 아니라고 부정하지 못하는 사실이 나를 더욱 초라하게 만들었습니다. 바람만이 진정한 이곳의 지배자인 듯, 불어오는 엄청난 바람에 더욱 초라해졌습니다.

인간은 결코 자연을 넘어설 수 없는 미약한 존재라는 사실을 또 한 번 절실히 깨달았습니다.

세상의 끝에 있는 불의 땅, 티에라 델 푸에고

우수아이아 뒷산은 안데스 산맥의 끝자락입니다. '마르티알'이라는 이름을 갖고 있습니다. 겨울에는 스키장으로도 이용되고 끝까지 올라가면 작은 빙하도 볼 수 있다지만, 지금은 눈도 거의 녹아 황량할 뿐입니다. 오후 늦게 발길을 돌려 우수아이아 서쪽에 있는 티에라 델 푸에고로 갑니다. 스페인어로 '불의 땅'이라는 의미인데, 아주 오래전 이곳을 찾은 마젤란이 원주민들이 절벽 위에 피워놓은 모닥불을 보고 붙인 이름입니다. 물론 지금은 '불의 땅'과는 상관이 없는 국립공원입니다.

입장료가 일인당 17,000페소, 우리 돈 3만 원 정도입니다. 들어갈까 말까 망설이는데 매표소 직원이 자기들은 저녁 8시까지만 근무한다고 윙크하며 귀띔을 주길래 시내로 되돌아 왔습니다. 밤 10시가 넘어도 환한 곳이니 시가지를 구경하다 8시에 다시 찾아갔습니다.

우거진 삼림, 그리 험하지 않는 산책 코스. 여러 종류의 산길 코스가 잘 구비되어 있어 트래킹을 즐기는 사람들에게는 입장료 이상의 가치와 의미가 있는 곳입니다. 아무데서나 볼 수 있는 흔한 장면은 아닌 것이 확실합니다. 이 나라의 국립공원이라는 이름값이나, 체면치레 정도는 충분히 하고도 남는 곳이었습니다.

세상의 끝에서 돌아가는 길, 돌고래의 환송

칠레로 가기 위해 마젤란 해협을 건너면서 큰 선물을 받았습니다.

페리를 따라 헤엄치는 이 녀석들을 잠깐 동안 볼 수 있었습니다. 저절로 감탄하게 되는 늘씬한 몸매, 장난스러운 눈매, 앙증맞은 얼굴, 돌고래야말로 진정한 이 바다의 주인이라는 생각이 들었습니다. 내가 돌고래를 구경한 게 아니고 물속의 돌고래가 나를 구경하고 있다는 느낌을 받았지만 조금도 이상하지 않았습니다.

아르헨티나의 이구아수 폭포를 보러가는 진입로에는 '치타가 나오는 구역
이니 차에서 내리지 말라'는 경고판이 있었습니다. 치타의 가죽무늬를 좋아한다
고, 꼭 잡아서 가죽을 잘 다듬어 코트를 만들어 달라는 사모님의 엄명이 있었으
나 영리한 그놈은 끝끝내 나타나지 않았습니다.

05 칠레 ——— 바람이 지배하는 장엄한 땅

CHILLE

"상상할 수 있는 한계, 그 이상의 바람이 부는 곳"

시대에 뒤쳐진 비운의 도시

우수아이아에서 꼬박 하루를 달려 칠레의 푼타 아레나스Punta Arenas에 도착했습니다. 한때는 남미에서 가장 잘 나가던 항구도시였던 시절이 있었습니다. 대서양과 태평양을 잇는 마젤란 해협에 위치한 지리적 이유로 대양을 항해하는 선박들의 보급기지로 명성이 드높았습니다. 하지만 미국의 자본으로 파나마 운하가 개통되자 한순간에 쇠퇴의 늪에 빠져 버린 비운의 도시이기도 합니다.

저 부교 위로 얼마나 많은 물자들이 정박한 배들로 실어 옮겨졌을까, 얼마나 많은 배들이 두 대양으로 나아갔을까, 뱃사람들이 어떤 꿈과 희망으로 거센 파도와 바람을 가르고 항해했을까 생각해보니 왠지 숙연한 기분이 들었습니다.

세상의 끝자락에서 사먹는 라면

부에노스 아이레스의 한국인 숙소에서 우리 젊은 여행자들 간에 논쟁이 벌어진 걸 가만히 옆에서 지켜본 적이 있었습니다. 푼타 아레나스에 한국인이 운영하는 라면집에 대한 것이었습니다. 세상의 제일 끝에 있는 라면집이니 꼭 가서 먹어봐야 한다는 갑론과, 아무리 그래도 값이 너무 비싸다는 을박이 팽팽히 맞서고 있었습니다.

그래서 직접 가서 먹어보았습니다. 아마 이 세상에 있는 라면집 중에 세상의 끝에 가장 가까운 가게일 것입니다. 한 마디 보태자면, 라면에 날계란 한 개 톡 넣은 걸로 끝내지 말고 대파라도 몇 조각 쫑쫑 썰어 넣고, 깍두기 몇 점이 어려우면 하다못해 단무지 다섯 조각쯤이라도 함께 제공한다면 고가 논쟁에서는 해방되리라 믿습니다. 내 차의 짐칸에도 비상식량으로 몇 봉의 라면이 있었습니다만 세상의 끝에서 먹는다는 의미가 담긴 라면도 확실히 별미였습니다. 라면으로 배를 든든히 채우고 파타고니아를 제대로 즐기러 출발합니다.

바람이 지배하는 곳 파타고니아

위도와 경도의 의미를 정확히 아시나요? 영국의 그리니치 천문대를 기준으로 삼아 지구를 세로로 180칸 구분한 것이 경도입니다. 적도를 0도로 삼고 이를 기준으로 가로줄로 구분한 것을 위도라고 합니다.

남위 약 40도 이남 지역을 통틀어 흔히들 파타고니아Patagonia라고 합니다. 지도를 열어 이 지역을 살펴보면 그냥 흰색 덩어리로 표시된 부분이 많습니다. 사람의 발길을 쉽게 허락하지 않는 빙하 지역입니다.

오로지 아르헨티나와 칠레 두 나라의 영역만 존재하고 있습니다. 남미대륙을 타고 내려온 안데스 산맥의 끝. 노르웨이보다 훨씬 복잡하고 거대한 규모의 피오르드 해안과 빙하들은 세계 최고의 절경이지만 험준한 지형, 수많은 호수 등으로 길을 낼 엄두조차 못내는 곳입니다.

그냥 '바람의 대지'라고 불리는 게 아닙니다. 대부분의 나무들이 휘어서 자라고 있습니다. 이 지역 들판의 모든 나무들은 땅바닥에 넓게 납작 엎드려 옆으로 자란 모양새입니다. 어쩌다 키가 큰 나무들은 수십 년, 혹은 그 이상 오랜 세월 동안 바람에 맞서느라 모두 한 방향으로 휘어져 자랐습니다. 그만큼 바람이 강하게 부는 곳입니다.

칠레 제1의 국립공원, 토레스 델 파이네

　파타고니아의 베이스 캠프라고 불리는 마을, 푸에르토 나탈레스Puerto Natales에서 120km, 약 두 시간 동안 들판을 달리자 저 멀리 안데스 산악지대가 보이기 시작합니다. 칠레의 대표적인 국립공원 토레스 델 파이네입니다. 많은 동물들이 자연과 어우러져 조화롭게 살고 있습니다. 손을 내미니 발 밑까지 쪼르르 달려오는 녀석이 있는가 하면, 라마 같은 놈들은 겁이 많은 탓에 사람이 다가가면 도망치기 일쑤입니다. 사진을 찍으려 접근하자 뒤돌아 도망칩니다. 난 그렇게 나쁜 사람이 아닌데.

사진으로는 와닿지 않겠지만 모두 3,000m 이상의 준봉들입니다. 땅속
깊은 곳의 넘치는 에너지들이 제 힘을 이겨내지 못하고 대지를 박차고 나온
듯 하나같이 날카롭고 예리한 모습입니다. '토레스'는 '타워'라는 의미입니
다. 산꼭대기가 탑처럼 뾰족하다고 지어진 이름인 듯 합니다.

눈앞에 펼쳐지는 푸른 우윳빛 호수

국립공원 주차장에 차를 세워두고 배낭에 침낭과 텐트, 먹거리 등을 챙겨 산을 오릅니다. 가장 힘들다는 칠레노 산장까지의 코스를 헉헉대며 겨우 올라갔습니다. 산장 인근에는 텐트 칠 자리조차 없어 냇가에 겨우 바닥을 고르고 자리를 마련했습니다. 비가 내리는 기색만 있어도 대피할 각오를 했는데 아침까지 그냥 곯아 떨어졌습니다. 예전 같았으면 새벽에 일어나 일출사진을 찍으러 뛰다시피 올라 갔을텐데 해가 중천에 떠오르고 나서야 겨우 일어나 억지로 몇 컷 찍었습니다.

몇 시간 동안의 등반 끝에 도착한 미라도르 라스 토레스, 토레스 전망대에서는 푸른 우윳빛의 호수를 내려다 보고 있는 삼형제 봉우리를 볼 수 있습니다. 오른쪽은 해발 2,700m의 토레 데 몬시노, 가운데는 2,800m의 토레 데 센트럴, 왼쪽은 2,850m의 토레 데 아고스티나라는 이름을 가지고 있습니다.

토레스 호숫가 바위 위에서 한참 동안 바람을 안고 앉아서 수백, 수천 갈래의 폭포에서 얼음물이 떨어지는 모습을 지켜보았습니다. 저 멀리서 온 물방울들에 비해 촌음같은 순간을 살다 가는 주제에 무엇 때문에 이렇게 아웅다웅하며 팍팍하게 살고 있는지 한참 동안 반성하였습니다.

수천만 년 얼음 빙하의 물이 녹아 방울방울 흘러 폭포수가 되고,
이 높은 산중의 호숫물이 되었다가
계곡을 타고 흘러 흘러 협곡을 지나 바다로 가는 억겁의 여행.
그에 비하면 100년도 채 못사는 우리 인간의 인생 여정은
그야말로 짧은 한 순간에 불과합니다.

이곳은 여름의 한가운데 있습니다. 세차게 불어오는 바람 속에 정말로 꽃향기가 실려 있습니다. 꽃반지 만들어 끼워줄까 싶은 생각을 하면서 걷는데, 순식간에 날씨가 변합니다. 세찬 바람에 실려 온 구름이 순식간에 모든 것을 변하게 해 버립니다.

늘 상상하는 그 이상의 바람이 불고 있습니다. 몸도 겨우 가누면서 셔터를 눌렀습니다. 사진이 흔들렸다면 첫째는 바람 탓이며, 둘째는 삼각대를 훔쳐 간 스페인 놈 탓이며, 셋째는 그걸 도둑맞은 제 탓입니다.

그런 생각 중에 또 공교롭게 배낭의 어깨끈이 끊어져 버렸습니다. 비상용 실과 바늘로 응급처치를 했지만 20kg이 넘는 중량을 감당하지 못하고 또 끊어져버리고.

여행에서 정보만큼이나 중요한 것이 장비라는 사실을 새삼 확인했습니
다. 이 중형 가방도 나름 품질 검사 통과한 녀석일텐데, 어찌 이렇게 싱겁게
떨어져 나가는지. 투덜투덜, 좋은 풍경을 뒤로 하고 다시 차를 대놓은 주차
장까지 또 10km를 걸었습니다.

그런데 몇 발자국 걷다가 문득 생각이 들었습니다. 아마도 이 자연이, 불
만만 많은 나에게 천천히 다시 돌아보고 오라고 이 시간을 선물해 준 것은
아니었을까. 그런 스스로를 위로하기 좋은 말로 말입니다.

이 공원에서 유일하게 회색빛을 띤 호수

이곳의 거의 모든 호수들은 푸르고 뽀얗습니다. 이런 호수들을 지나 맞바람을 안고 다시 3시간 동안 7km의 거리를 걸었습니다. 저 멀리 그레이 빙하가 장엄한 모습을 나타내기 시작합니다. 그레이 빙하 앞의 호수는 그레이 Grey호수입니다. 이름에 어울리게 호숫물의 색깔도 진회색입니다. 사실 이름에 어울리는 게 아니라 회색빛을 띠는 호수에 어울리는 이름을 찾았을 겁니다. 지명을 참 쉽게 짓습니다.

'씩씩하고 웅장하며 위엄 있고 엄숙하다'는 국어사전에 나온 '장엄하다'의 해석입니다. 이 빙하를 보고 장엄하다고 하는 것이 내가 아는 단어 중에 가

장 어울리는 표현일 듯 합니다. 숨이 턱 막힐 만큼 장엄합니다. 빙하 너머 설산까지는 약 50km 거리, 빙하의 끝에서 호수면까지 높이는 60m, 좌우 빙하의 폭은 8km에 달하는 크기입니다.

배 시간에 쫓겨 하산을 서둘렀습니다. 갈 때는 쉬엄쉬엄 가느라, 바람을 안고 가느라 5시간 걸렸는데 오는 길은 바람을 등지고 떠밀린 덕에 3시간 만에 내려올 수 있었습니다. 나흘만에 다시 푸에르토 나탈레스로 왔습니다. 고작 며칠 걸었다고, 꼼짝도 못하고 지친 몸을 추슬러야 하는 한심한 저질 체력을 원망하며 이 작은 마을에서 이틀간 잠만 자고 쉬면서 체력을 재충전 했습니다.

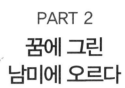

"여행은 사람을 순수하게,
그러나 강하게 만든다"

서양 격언

06 아르헨티나 —— 가장 아름다운 빙하가 흐르는 나라

ARGENTINA

"우윳빛 호수와 푸른 빙하, 그리고 끝없이 뻗은 지평선"

페리토 모레노 빙하

주유소가 200km 간격으로 있을 만큼 넓은 나라

다시 아르헨티나로 넘어왔습니다. 이 두 나라를 대체 몇 번을 들락날락하
는지, 아직 얼마나 더 넘나들어야 하는지 모릅니다. 여권엔 온통 이 두 나라
의 스탬프투성이입니다.

아르헨티나 대평원을 달리며 몽골이나 카자흐스탄, 시베리아의 평원과 비교하게 되었습니다. 몽골은 너무 거칠었으며, 카작은 지나치게 황량하기만 했고 시베리아는 모든 게 숲에 가려져 있었습니다. 아르헨티나의 땅에는 경작지도 많고 지금까지 겪은 평원 중 가장 깨끗합니다.

워낙 나라가 넓으니 거의 200km 간격으로 간간이 주유소가 나타납니다. 연료가 남았더라도 주유소가 보이면 무조건 가득 채워야 합니다. 멀리 프랑스에서 왔다고 'Too far'를 강조하며 으쓱대던 파리지앵은 우리는 꼬레아에서 왔다니까 대번에 기가 죽어 'Crazy'만 연발합니다.

사람이 아무리 뛰어나고 만물의 영장이라고 해도
자연 앞에선 초라한 존재입니다.

인간이 아무리 훌륭하고 대단한 생물이라고,
끈질기고 지독한 존재라고 해도
결코 자연을 이기고 넘어설 수는 없습니다.

아르헨티나 국기를 닮은 엘 칼라파테

엘 칼라파테El Calafate에 도착했습니다. 엘 칼라파테는 얼음의 대지 페리토 모레노를 보기 위한 여행자들의 베이스 캠프입니다. 망망벌판에 갑자기 등장하는 설산, 그 아래 그림같이 예쁜 호수들이 자리잡고 있는 풍경은 아무리 감성이 무딘 사람이라도 저절로 탄성을 지르게 됩니다.

이곳의 호수를 보고 아르헨티나의 국기를 만들었다는 이야기가 있습니다. 아르헨티나의 국기는 가운데 흰색에, 위아래 양쪽은 하늘색입니다. 위의 파란색은 맑은 하늘, 가운데 흰색은 구름, 아래의 파란색은 호수의 맑은 옥빛 물을 상징한다고 합니다. 꼭 이 호수를 닮았습니다.

호수를 지나 로스 글라시아레스 국립공원에 들어왔습니다. 우리말로 풀이하면 '빙하 국립공원'이라고 할 수 있습니다. 이 국립공원 안에만 47개의 빙하가 있다고 합니다.

수만 년의 푸른 성채, 페리토 모레노Perito Moreno 빙하

사람이 아무리 뛰어나고 만물의 영장이라고 해도 자연 앞에선 초라한 존재입니다. 인간이 아무리 훌륭하고 대단한 생물이라고, 끈질기고 지독한 존재라고 해도 결코 자연을 이기고 넘어설 수는 없습니다.

자연의 경이로움에 저절로 고개가 숙여지고 무릎이 꿇려지는 느낌을 받았습니다. 억겁의 시간 동안 저 자리를 지키고 있었을 빙하. 얼음의 대지 페리토 모레노 빙하의 장관입니다. 왼쪽 끝에서 오른쪽 끝까지 빙하의 폭은 5km, 저 뒤 산까지의 거리는 30km입니다. 작아 보이지만 빙하에서 호수 수면까지의 높이는 60m라고 합니다.

파타고니아에서 떨어져 나온 이 빙하는 날마다 2m 정도씩 전진한다고 합니다. 그러면서 200만 년이나 축적해 온 얼음 덩어리를 떨어뜨리기도 한다는데, 마침 운좋게 붕락崩落을 볼 수 있었습니다. 굉음과 함께 빙하 조각이 떨어지며 굉장한 물보라를 일으키는 장관입니다. 입 벌리고 탄성을 지르며 구경하느라 셔터를 누를 틈도 없었습니다.

트래킹의 성지 엘 찰튼

모레노 빙하의 감동을 천천히 되새겨 즐기며 엘 찰튼El Calten으로 향했습니다. 아르헨티나 트래킹의 성지로 불리는 곳입니다 3,405m의 피츠로이 Fitzroy 산이 그 주역입니다. 봉우리 하나만 있어도 멋있는데 수십 개의 봉우리들이 주봉을 둘러싸고 있고 게다가 호수들까지 즐비하니 이 역시 말로는 쉽게 표현할 수 없는 장관입니다.

왕복 25km의 기본코스를 트래킹 할까 말까 몇 번을 망설이다가 며칠 전 토레스 델 파이네에서 확인한 저질 체력을 상기하고 포기했습니다. 그 대신 차로 갈 수 있는 곳까지 들어가서 보기로 작전을 바꾸었습니다.

황홀해지기까지 하는 비경들을 숨 가쁘게 즐겼습니다. 같은 길을 되돌아 나오며 보는 역풍경 역시 빼어난 장관들이었습니다. 파타고니아의 대자연은 진정 경외로웠습니다. 장엄미의 진수를 보았습니다. 안데스를 벗 삼아 북으로 갑니다.

바릴로체에서 멈춰버린 차

하루 종일 지평선만 보고 700km를 달려 나흘 만에 제법 큰 도시, 산 카를로스 데 바릴로체San Carlos de Barioche에 왔습니다.

미리 예약해 둔 숙소가 있는 동네로 들어서는 그 순간, 핸들을 잡은 손에 뭔가 턱하고 걸리는 기분 나쁜 느낌이 오더니 돌연 차가 멈추어 버립니다.

엔진 쪽에서 수증기가 확 올라오며 단내가 실내 가득 번집니다. 수증기가 하얗게 피어오르는데 눈앞은 캄캄해집니다. 하지만 이건 낭패가 아닙니다. 천운입니다. 적어도 동네가 가까운 곳입니다.

천운은 계속 이어집니다. 해는 기울고 낯선 동네의 외진 뒷골목에서 허둥지둥하고 있는데, 비록 낡았지만 한 눈에 대단한 포스가 돋보이는 국방색 사륜차가 멈춰 섭니다.

"무슨 일 있어What' s the problem?"

이 순간부터 그는 우리에게 남미의 흔한 이름 '디에고'라는 본명 대신 '바릴로체의 천사'로 불리기 시작합니다.

"오늘은 늦었으니 손 볼 수 있는 곳이 없어.
여기 세워둘 순 없으니 일단 가자."

능숙하게 견인줄과 연결 고리를 꺼내더니 내 차를 뒤에 달고 핸들을 잡습니다. 차를 싣고 간 곳은 작은 정비소였습니다. 견인차 뒤에 바싹 붙어 81년식 주행거리 117만km의 디펜더를 운전하며 따라온 정비사 사장의 눈은 반짝반짝 빛나고 있었습니다. 내 차는 자기의 드림카라고, 한 번도 만져본 적이 없지만 반드시 고칠 자신이 있다고 투지와 의욕을 불태웁니다.

계속 이어온 남미의 거친 비포장도로 주행에 워터 펌프의 결속 부위 용접이 깨어져 버렸습니다. 문제는 이 작은 도시는 물론 이 부근 1,000km 이내에는 부품을 가지고 있는 서비스 센터가 없다는 것입니다. 부에노스에서 부품을 공수해 받는 데만 최소 사흘이 걸린다고 합니다.

즉시 우리의 여행 코드를 '여행 모드'에서 '관광 모드'로 전환시킵니다. 사흘 동안은 아무 생각없이 쉬어야 남은 일정들이 편안해진다는 사실을 그동안의 학습경험으로 잘 알고 있습니다. 안타까워해봤자 소용이 없습니다. 답답해해봤자 가슴만 탑니다. 속상해해봤자 머리숱만 빠집니다.

남미의 스위스, 바릴로체

산 카를로스 데 바릴로체, 이 도시는 스위스의 이민자들이 개척한 도시입니다. 집들도 모두 스위스 식으로, 그림 동화책 속 집들처럼 예쁩니다. 그러나 집을 벗어나면 매립되지 않은 하수구와 비포장도로가 반깁니다.

　지독한 먼지와 꽃향기가 뒤범벅이 되어 코끝을 자극하는 재미있는 이 도시는 아르헨티나 사람들에게 가장 선호도가 높은 관광 휴양지입니다. 유럽을 거쳐 오지 않았다면 유럽같은 대단한 휴양지라고 여겼을지 모르지만 여기 올 때는 좀 더 남미다운, 남미에서만 볼 수 있는 풍경을 기대했기 때문에 다소 밋밋한 기분이 든 것도 사실입니다.

　사철 눈 덮인 안데스의 발 아래 초록 물감을 쏟아 부운 듯한 수많은 호수가 제각각의 자태를 뽐내며 계곡마다 자리하고 있습니다. 구름과 바람, 산과 호수, 눈과 나무가 진정으로 멋지게 잘 어우러져 있는 곳입니다. 눈부시게 시린 나우엘 우아피 호수를 안고 있는 바릴로체. 여행을 떠나 처음으로, 여기서 살고 싶다는 생각이 들었습니다.

　사흘 만에 수리를 완료하였습니다. 차량 수선도 정비도 마쳤고 며칠 쉬며 건강도 추슬렀으니 또 달립니다. 루타Ruta 40. 40번 루트, 40번 국도라고 하는 길입니다.

"동서로는 300km, 남북으로는 무려 4,300km"

아타카마 가는 길

칠레 국민도 하기 힘들다는 국토 종단

또 아르헨티나 국경을 나와 칠레로 입국했습니다. 국경을 건너는 순간 칠레의 국립공원입니다. 이 나라에서 국토 횡단은 별 의미가 없습니다. 동서로 제일 긴 구간이 300km정도입니다. 그렇지만 남북으로는 4,300km나 됩니다.

지도를 펼쳐놓고 보면 갈치처럼 길쭉한 나라 칠레입니다. 제주산 은갈치를 통채로 걸어놓고 수단껏 살을 다 발라 먹으면 뼈만 남을 것입니다. 그 뼈가 마치 칠레의 도로망 같이 여겨집니다. 어쨌건 칠레 국민들도 하기 힘들다는 칠레 종단을 하고 있는 모양새가 되었습니다. "길어도, 너무 길어요."라고 혼잣말하면서 북으로 올라갑니다.

천국 같은 계곡, 발파라이소Valparaiso

칠레의 수도 산티아고Santiago는 1,700만 전체 인구의 1/3이 모여 사는 대도시입니다. 사람이 많기 때문인지 스모그가 가득합니다. 산티아고 시내의 광장이나 공원에서는 체스 게임이 일상 놀이인 모양입니다. 예전의 우리의 장기꾼처럼 내기 체스꾼도 많이 보였습니다. 옆에서 훈수 두다가 큰 소

란으로 번지는 것도 보았습니다. 사람 사는 세상은 모두 비슷합니다. 그 속에서 며칠을 머물렀다 다시 북쪽으로 향합니다. 그리고 도착한 곳은 산티아고의 외항역할을 하고 있는 발파라이소입니다. 발파라이소에서 가장 전망이 좋다는 콘셉시온Concepcion 언덕 일대 구시가지는 2003년에 유네스코 세계문화유산으로 지정된 구역입니다.

발파라이소는 '천국 같은 계곡'이라는 뜻이라고 합니다. 스페인 점령군이 이 지역의 풍광에 반해 그렇게 이름 지었다고 합니다. 이 도시는 일찍이 1541년 스페인이 본격적으로 이 나라를 약탈하기 위해 건설한, 꽤 오래된 역사를 가졌습니다.

사실 이런 역사 이야기는 재미가 없습니다. 호모 사피엔스, 노론과 소론, 기묘사화, 이런 단어들을 접하면 머리가 지끈지끈해 집니다. 내 성장과 관계가 있었던 사물을 보면 옛 기억이 되살아 납니다. 나는 이런 것이 역사라고 생각합니다. "아! 그래 저런 것도 있었어! 그땐 그랬지!" 이런 느낌을 모두에게 전해줄 수 있다면, 잔잔한 감동과 추억, 향수 등을 다시 느끼게 할 수 있다면 훨씬 더 즐겁고 재미있는 역사로 기록될 수 있다고 생각합니다. 고산병 증세로 계속 횡설수설하고 있음을 이해해 주기 바랍니다.

태평양 연안을 따라 북쪽으로 가는 길

벨파라이소 북쪽의 신도시 비나 델 마르Vina del mar를 거쳐 태평양 연안을 따라 계속 북으로 올라갑니다. 작은 항구도시 코킴보Coquimbo도 스칩니다.

어느덧 고도계는 2,000m를 넘어섰고 주변엔 풀 한 포기, 나무 한 그루 없는 삭막한 산지로 변해 있었습니다. 풀이 없으니 소와 양은 커녕, 그 흔하던 라마 한마리도 보이지 않습니다. 풀이 없으니 작은 동물조차도 없고, 작은 놈들이 없으니 하늘의 매조차 한마리도 보이지 않을 만큼 황폐한 땅입니다. 그러나 그 땅속에 거의 무진장이라고 할 만큼의 엄청난 지하 자원이 묻혀 있습니다.

산티아고를 떠나 또 사흘을 달려서 도착한 항구 도시 안토파가스타 Antofagasta입니다. 하루를 머물고, 태평양 연안으로 나가 보았습니다. 영국 도버 해협의 백색 절벽이 생각나는 엄청난 해안을 볼 수 있었습니다.

세계 최대의 광산 도시 칼라마Calama를 지나 다시 길에 오릅니다. 우리보다 훨씬 비싼 통행료를 받는 고속도로, 남극 지방의 자갈길, 북쪽의 모래사막길, 파타고니아 지역의 환상적인 숲길, 태평양의 파도를 구경하며 달리는 해안길, 바람에 밀려 기울어 달리는 들판길……. 나라가 너무 긴 것도 지겹고, 길이 너무 긴 것도 지겹고, 이런 길이 너무 많은 것도 지겹고, 이런 소리를 자꾸 늘어놓기도 지겹습니다.

지평선을 향하여 완만한 오르막 길을 80km/h로 정속주행하는데 갑자기 차 뒤에서 펑! 산티아고에서 산 간식용 과자 봉지가 터지는 소리였습니다. 고도계를 보니 해발 3,760m였습니다.

웅대한 대자연을 접할 때 얻은
엑스터시와 정신적인 카타르시스는
일상에서는 쉽게 얻을 수 없는
귀중한 감동이며 경험입니다.

소금이 눈처럼 깔린 달의 계곡

칠레 북부의 유명한 관광지 산 페드로 데 아타카마 San Pedro de Atacama 로 갑니다. 외부인들은 '아타카마'로 호칭하고 현지인들은 꼭 '산 페드로'라고 지칭합니다.

관광객 100명에게 아타카마를 찾은 이유를 물으면 99명은 여길 보러 왔다고 답한다는 '달의 계곡.' 하얗게 깔려있는 것은 눈이 아니고 소금입니다. 안에는 죽음의 계곡, 소금 계곡 등 수많은 이름의 신비로운 계곡들이 있습니다.

스페인어로 '원형극장'이라는 뜻을 가진 앰피씨어터Amphitheatre는 정말로 둥그렇게 세워진 원형극장 같습니다. 검은 모래로 이루어진 거대한 사구, 빅 듄Big Dune에도 땅거미가 지고 있습니다. 이제 칠레에서 볼리비아로 넘어가는 국경을 향해 갑니다.

출국장을 발견하지 못한 무지의 죄

고지대인 아타카마에서 한 시간이 넘도록 급경사의 가파른 오르막을 달려 올라 왔습니다. 타지키스탄의 파미르 이후 처음으로 4,500m를 넘는 고도에 올라 왔습니다. 그런 상황을 견디며 국경에 도착했습니다. 그런데 칠레 출국장이 보이지 않습니다. 움막 같은 볼리비아 입국장에 들어가 물어보니 칠레 출국장은 아까 떠나온, 40km 떨어진 아타카마 시내에 있다고 합니다.

워낙 이쪽으로 출국하는 여행자가 없어 국경을 따로 관리할 여유가 없다고 합니다. 한 시간 동안 다시 내려가 출국 스탬프를 받아서 다시 한 시간 동안 올라오라는 개떡 같은 상황입니다. 이쪽 국경으로 출국할 땐 미리 절차를 밟고 가라고 안내판 하나 설치해 두지 않은 칠레 당국의 모르쇠 죄보다는 그걸 모르는 주제에 국경까지 무식하게 올라간 내 무지의 죄가 더 큽니다, 남미에서는.

BOLIVIA

"자연이 만든 완벽한 데칼코마니"

살라르 데 우유니

소문과는 달리 화기애애한 볼리비아 국경

볼리비아로 넘어오는 날은 아침부터 무척 힘들었습니다. 이른 시간 출발을 했는데 냉각수 경고등이 켜져 되돌아가서 손을 보고 출발했습니다. 작은 시가지를 벗어나 속도를 올릴 즈음 반쯤 주유 잔량에 신경이 쓰여 다시 돌아가 주유를 하였습니다.

1시간 동안 오르막길만 달려 도착한 국경에는 출국사무소가 없었습니다. 다시 1시간을 내려와선, 뭔가 보이지 않는 큰 힘이 나를 일부러 천천히 가게 한다는 느낌이 들어 먼 길을 되돌아 다른 쪽의 국경으로 향했습니다.

볼리비아의 국경은 강압적이고 의심이 많기로 유명합니다. 노골적으로 금전을 요구하고, 심지어 위폐를 조사한다는 핑계로 돈을 빼돌리거나 컴퓨터 고장을 핑계로 딴전을 피우며 일정을 지체시키고…. 갖은 방법으로 여행자의 지갑을 노린다는 소문이 자자합니다.

그러나 우리는 처음부터 끝까지 웃으며 농담하고 여행 경로를 안내받으며 화기애애한 분위기에서 통과 절차를 마쳤습니다. 되려 어안이 벙벙했습니다. 아무튼 기분 좋게 볼리비아에 들어섰습니다.

호수와 사막을 오가는 살라르 데 우유니Salar de Uyuni

밤길을 달려 우유니에 도착했습니다. 가급적 야간 운행을 하지 않으려 했는데, 이 벌판에 텐트를 치고 머무는 것보단 220km를 더 달려 도시로 가는 것이 훨씬 안전하다는 판단이 들었습니다.

페루의 마추피추와 함께 늘 세계인의 버킷 리스트 1번을 다투고 있는 살라르 데 우유니, 우리말로는 '우유니 소금 호수'입니다. 비가 오지 않으면 사막이고 비가 와 물이 차면 호수라고 합니다. 지금은 비가 오지 않아 사막입니다.

눈부시게 빛나는 소금사막에 서서
지금까지의 내 인생에 이렇게 빛나는 것은
과연 무엇이었나를 생각해 보았습니다.

이 유명한 소금 호텔은 내부의 의자, 식탁, 침대 등 모든 것이 소금으로 만들어져 있습니다. 여행자들이 자발적으로 꽂은 저 국기들은 이미 이곳의 상징물이 되었습니다.

소금 사막 한가운데에는 섬이 있습니다. 이 섬은 지도에서 보면 인카와시 섬Isla Incahuasi 혹은 '물고기 섬'으로 표기되어 있습니다. 멀리서 보면 물고기처럼 생겼다고 이런 이름이 붙어 있는데, 실제로 물위에 반쯤 모습이 드러난 고래처럼 보입니다. 이 섬은 많은 투어 차량들이 집결하여 식사를 하는 장소이기도 합니다.

사람 키의 몇 배나 되는 이 선인장은 '깍두 밀레나리오'라는 정식 이름이 있습니다. 선인장은 1년에 불과 몇 mm 자란다고 합니다. 이 놈, 아니 이 분의 연세는 천 년이 넘었다고 합니다. 이렇게 한바탕 우유니를 뒹굴고 난 후 볼리비아의 시내로 갑니다.

세상에서 두 번째로 높은 도시 라파스Lapaz

이 나라의 공식적인 수도는 수크레Sucre지만, 헌법재판소만 그곳에 있을 뿐이고 실질적인 수도는 해발 3,800m에 자리한 이곳 라파스입니다. 찌그러진 세숫대야 안에 담긴 도시 같다는 생각이 들었습니다.

세계에서 가장 하늘에 가까운 이 도시는 사방으로 안데스 자락에 둘러 쌓여 있습니다. 게다가 크고 작은 수많은 협곡들이 도시 안으로 깊숙히 자리 잡고 있습니다. 기암괴석들이 줄지어 있습니다. 바람과 세월에 깎인 게 아니고 마치 땅에서 솟아나 자라나는 것 같습니다.

조금만 급히 움직이면 숨이 차는 이 도시에서 늘 머리 속에서 맴돌던 단어는 혼돈, 카오스, 무질서입니다. 먼지와 소음, 바람에 나뒹구는 쓰레기 더미, 상상을 초월하는 난폭운전……. 안데스 자락에 자리잡은 오래된 고도, 찬란한 옛 문명의 중심 도시라는 말은 현실의 벽을 넘지 못하는 환상 속의 설명이었습니다.

마침 우유니에 비가 온다는 소식이 들려옵니다. 볼리비아에서 다섯 번째로 큰 도시, 오루로Oruro 를 거쳐 우유니로 다시 되돌아 갑니다.

세상에서 가장 큰 거울, 우유니 소금 호수

　닷새 동안 매일 세상에서 가장 큰 거울 위를, 자연이 만든 완벽한 데칼코
마니 위를, 어디가 수평선이고 어디가 지평선인지 어디가 하늘이고 어디가
땅인지 모르는, 신비롭기조차 한 우유니 소금사막 위를 우리는 우리 차로
달렸습니다. 아마도 내 인생에서 가장 기억에 남을 날들이 바로 우유니에서
보낸 요 며칠이 아닐까 하는 생각이 들었습니다.

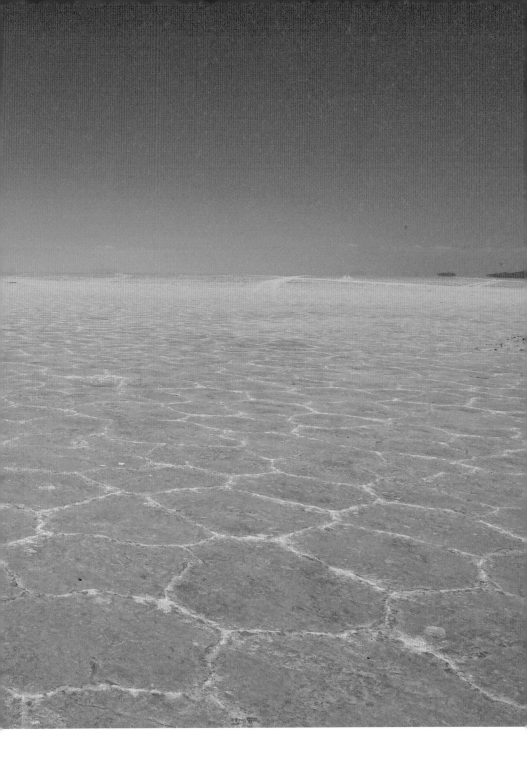

 GO! ⋯⋯⋯⋯⋯⋯⋯⋯⋯⋯⋯⋯⋯⋯⋯⋯⋯⋯⋯⋯

우유니 소금 사막에는 입장료가 없습니다. 대신 꼭 지불해야 하는 비용이 있습니다. 세차비입니다. 투어로 가는 사람들은 해당 사항이 없습니다. 자기 차로 가는 사람은 밥을 굶더라도 반드시 지불해야 하는 비용입니다. 소금 위, 소금물 위를 달리기 때문에 온통 소금투성이가 되어 금속에 가장 나쁜 영향을 끼치는 녹이 슬기 시작합니다.

스티커가 벗겨질 정도의 센 수압으로 차체에 붙은 소금기를 제거하는 품새가 보통이 아닙니다. 서울에서도 이렇게 꼼꼼히 하는 세차는 본 적이 없을 정도입니다. 놀랍게도 여섯 명이 붙어서 한 시간이 넘도록 안팎으로 털고 씻고 문지르고 닦습니다. 증기세차와 하부 코팅제를 바르는 것을 보고 은근히 세차비 압박이 시작되었지만 놀랍게도 세차비는 13,000원 정도입니다. 소득 수준이 3,000달러 정도인 이곳에서는 적정한 수준의 금액이겠지만 우리에게는 무척 고마운 액수였습니다. 매일 소금 사막을 달리고, 매일 세차를 하였습니다.

티티카카Titikaka를 건너 페루로 갑니다

 천국 같았던 우유니를 뒤로 하고 다시 라파스를 지나 티티카카 호수를 배로 건넜습니다. 티티카카 호숫가에 자리한 볼리비아 최고의 휴양도시, 코파카바나Copacabana에 왔습니다. 볼리비아에 오는 여행객이 반드시 찾는

곳이 우유니 소금 사막이라면, 우유니에 온 여행객이 빠뜨리지 않고 찾아오는 곳은 티티카카 호수입니다. 티티카카 호수는 잉카 문명이 태어난 곳이라고 알려져 있는데, 잉카인들은 태초에 생긴 이 호수에서 잉카의 초대 황제가 났다고 믿었습니다. 잉카 제국의 신화가 시작된 티티카카는 호수가 아니고 숫제 바다입니다. 수평선 너머 호수 서쪽은 페루의 영역이며 호수 동쪽은 볼리비아의 영토입니다.

외국인이라 억울한 이중가격제

볼리비아는 유류의 이중가격제를 실시하고 있습니다. 자국민에게는 리터
당 우리 돈으로 600원 쯤인 디젤유를 외국인에게는 공식적으로 1,600원이나 받
고 있습니다. 숙소의 호스트에게 리터당 5BS(볼리비아노, 약 900원)줄테니 남는
건 너 하라고 하고 부탁을 했습니다.

자국인이 기름통을 가지고 와서 살 경우 1인당 20리터로 구매 제한하고 있
기 때문에 우유니 시내의 세 군데 주유소를 왔다갔다하며 즐겁게 임무를 수행했
습니다. 나중에는 주유소에서 직접 협상을 했습니다. 영수증은 필요 없으니 싸게
넣어 달라고. 한 곳에서도 거절을 당한 적이 없습니다. 여행을 다니며 잔꾀만 늘
어나는 게 아닌지 모르겠습니다.

행운을 가져다 준다는 라마의 미라

라마의 태아를 미라로 만들어 팔고 있습니다.

새 집으로 이사 갈 때 미리 묻어놓으면 부자가 된다고 하기도 하고,

선조가 행운을 가져다 준다고 제사 때 사용한다고 합니다.

이걸 팔고 있는 가게가 얼마나 많은지!

아무리 그래도 사방에

미라가 걸려있는 건

좀 섬뜩합니다.

09 페루 ——— 남미의 자존심, 남미 여행의 진수

"수백 년의 고결함을 간직한 고대 문명"

PERU

마추픽추

물고기를 먹고 사는 사람들

볼리비아의 출국 수속을 간단히 마치고 남미 여행에서 다섯 번째 나라인 페루에 입국했습니다. 페루로 넘어오자 산천의 초록의 농도가 확연히 달라졌습니다. 대부분의 들판에 무엇인가 농작물을 경작하고 있습니다. 마당 안에 널린 그물이 아니라도 많은 사람들이 호수에서 어업에 종사하며 살고 있음도 쉽게 알 수 있습니다.

이 호수의 특산물로 '뜨루차'라고 하는 이름의 송어를 닮은 민물고기가 있었습니다. 원래 민물고기는 비리고, 잔뼈가 많아 별로 즐기지 않았는데 뜨루차는 꽤 별미였습니다. 기름을 두르고 구운 것도 좋았고 튀김가루를 입혀 기름에 튀긴 생선가스 같은 것도 맛있게 먹었습니다. 먹는 재미는 역시 여행의 큰 즐거움의 하나입니다.

티티카카 호수의 기묘한 문과 갈대로 만든 섬

티티카카 호숫가 허허벌판에 기묘한 바위산이 홀로 돌출되어 있고, 그 한가운데에 가로 세로 7m인 장방형의 거대한 바위문 형상이 있으며, 그 중심에 2m 높이의 문이 있습니다. 스타 게이트 또는 골드 게이트로 불리는 곳입니다.

외계인을 믿습니까? 나는 분명히 있다고 믿습니다. 페루의 전설에 의하면 그 옛날 외계인들이 잉카인을 처음 찾아와 만난 곳이 여기라고 합니다.

이 문을 통해 외계인이 지구에 들어와서 잉카문명을 만들고, 이 문을 통해 우주 어디론가로 떠났으며, 언젠가는 이 문을 통해 다시 지구로 돌아온다고 믿고 있습니다.

승선권과 입장권을 구해 작은 동력선을 타고 40분 쯤 갈대 사이의 수로를 따라 호수 안으로 들어갑니다. 토토라Totora라는 이름의 갈대로 만들어진 크고 작은 섬이 수십 개 군락을 이루고 있습니다. 우로스Uros 섬입니다.

놀랍게도 실제 이곳에 거주하는 사람들이 있었습니다. 집집마다 자기 집 앞에서 좌판처럼 가게를 열어두고 여행객에게 기념품을 팔고 있습니다.

한때 드넓은 잉카 제국을 호령하던 잉카 후손들의 초라한 행색에 많은 생각을 하게 됩니다.

사람도 차도 고산병에 걸리는 높은 도시 푸노

우로스에서 다시 배를 타고 땅을 밟았습니다. 티티카카 호숫가의 야트막한 언덕에 넓게 자리 잡은 도시, 푸노Puno입니다. 해발 3,800m에 이르는 고산도시입니다. 당연히 조금만 빨리 걸어도 금방 불쾌해지고 두통이 심해집니다. 보통 사람들은 해발 3,000m를 넘어서면 고산병이 시작된다고 합니다. 구토, 몸살기, 극심한 두통, 어지러움증, 안구피로, 호흡곤란. 참 고약한 병입니다. 이미 몽골과 파미르에서도 몇 번 경험했으며 남미로 와서도 제법 많은 날을 보냈기에 견딜 만해졌습니다.

문제는 사람이 아니고 차입니다. 3,500m를 넘어서자 차가 고산병을 심하게 앓고 있습니다. 매일 아침마다 씨름을 하고 있습니다. 고도에 따른 기압차로 인해 디젤 연료와 압축 공기와의 혼합 비율이 미세하게 달라져, 엔진이 식어버리면 시동이 잘 걸리지 않습니다.

푸노를 떠나 쿠스코를 향해 북쪽으로 올라가다가 약 30km 지점에서 시선을 끄는 이정표를 발견하고 핸들을 돌렸습니다. 잉카 문명 이전의, 시유스타니Shillustani유적입니다. 돌을 원통 형태로 쌓아서 만든 석탑형 묘지를 볼 수 있습니다.

탑의 규모와 높이, 돌의 재질 등으로 신분을 구분할 수 있다고 합니다. 지금으로부터 천 년 전의 기술로 이토록 매끈하고 정확하게 돌을 재단하여 쌓았다는 이들의 기술에 실로 놀라움을 금할 수 없습니다. 그러나 스페인 정복자들에 의해 파괴되고, 지진과 많은 비로 인해 소실되어, 현재 원형 그대로 남아 있는 것은 하나도 없다고 하니 안타까울 따름입니다.

세상의 배꼽 쿠스코Cusco

비를 맞으며 쿠스코로 들어왔습니다. 고대의 잉카인들은 이곳을 세상의 중심이라고 생각했습니다. 그래서 그들의 말로 '배꼽'이라는 뜻의 '쿠스코'라고 불렀다고 합니다. 잉카제국에서 가장 번성한 잉카 문화의 중심 도시였습니다.

안데스 깊은 산자락의 이 도시에 멸망 당시 20여 만 명의 인구가 살고 있었다고 하니 그 번성세가 짐작됩니다. 모든 쿠스코 여행객은 마추픽추에 가기 위해서 여기에 왔다고 해도 틀린 말이 아니라고 자신합니다. 남미 여행의 최고봉, 마추픽추로 향합니다.

쿠스코 시내에서 마추픽추 입구인 산타 테레사Santa Teresa까지 직선 거리는 70km에 불과했지만 내 차로는 222km를 달렸습니다. 그중 마지막 구간은 한참 비포장도로입니다. 차를 세워두고 택시로 비포장길 10km를 더 가서 내립니다. 더 이상은 차로 갈 수 있는 길이 없는 대신 기찻길이 있습니다. 깎아지른 절벽 아래, 급류가 되어 흐르는 우루밤바 강과 나란히 있는 철로 위를 약 10km 정도 위태롭게 걸어서 드디어 마추픽추의 최종 관문인 마을, 아과스 칼리엔테스Aguas Calientes에 당도합니다.

잉카의 심장, 잃어버린 도시 마추픽추

철부지 중학생이었던 내게 세계여행의 꿈과 동기를 부여한 것은 이곳의 사진 한 장이었습니다. 그로부터 40년이 훌쩍 지난 지금 나도 이 자리에 와서 우두망찰 섰습니다. 똑같은 자리에 서서 똑같은 잉카의 유물을 보며 감동하며 사진을 찍는다고 생각하니 감사의 마음과 함께 형언할 수 없는 뜨거운 감격이 가슴 한 켠에서 솟아오름을 느꼈습니다.

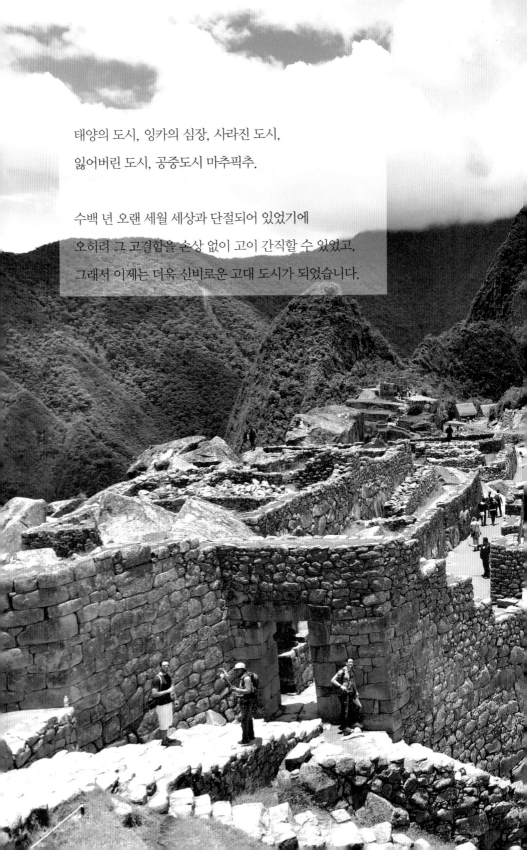

태양의 도시, 잉카의 심장, 사라진 도시,
잃어버린 도시, 공중도시 마추픽추.

수백 년 오랜 세월 세상과 단절되어 있었기에
오히려 그 고결함을 손상 없이 고이 간직할 수 있었고,
그래서 이제는 더욱 신비로운 고대 도시가 되었습니다.

잉카의 완벽한 도시원형이 발견된 최초의 유적지로, 1911년 발견될 때까지 400년간 인간의 발길이 닿지 않았습니다. 늘 산허리에 걸린 구름에 가려져 있거나, 워낙 가파른 산봉우리 위에 존재하고 있어 스페인 군대도 이곳에 도시가 있으리라 짐작할 수 없었기 때문에 침략자의 손길을 피할 수 있었을 것입니다.

이 도시를 발견했을 때도 가재도구나 생활의 흔적은 일체 없었고 도시 원형만 고스란히 있었다고 합니다. 학자들은 경작지 규모나 창고의 크기를 보아 이곳에 최대 1만여 명이 거주했을 것이라고 추정합니다. 그렇지만 그 많은 사람들이 모두 어디로 간 것인지 또 사라진 이유가 무엇인지 아직까지 수수께끼로 남아 있습니다.

이 봉우리 꼭대기에 어떻게 물이 흐르고 있는지 신기할 뿐입니다. 천 년 세월이 지난 지금도 바윗돌 위를 깎아 만든 수로를 따라 물이 흐르는 걸 보고 있으니 전신에 전율이 번집니다. 실로 기가 막힐 지경입니다. 어떤 방법으로 이 첩첩산중, 이 가파른 경사지에 돌을 운반했을까. 절단기도 없던 그 시절에 어떻게 돌을 잘랐을까. 기중기도 없는 그 당시에 어떻게 이 큰 돌들을 쌓았을까. 오랜 세월동안 수차례 대지진에도 굳건히 버티고 있는 이 유적지를 보면 답은 간단합니다. 우주인이 만든 게 분명합니다.

아레키파로 가는 최악의 코스

쿠스코로 다시 돌아와 이틀을 쉬었습니다. 페루 제1의 도시 아레키파 Arequipa까지 구글맵으로는 491km. 페루인 버스 운전기사의 이야기로는

7시간이면 충분하다고 했습니다. 그러나 밤 10시가 넘어서야 불빛을 발견했으며, 한참을 더 가서야 아스팔트 포장 위로 올라설 수 있었습니다. 깊은 산중의 화물차 기사 전용 숙소에 겨우 자리를 얻어 고된 몸을 눕혔습니다. 몹쓸 내비게이션이 세 가지 길 중 최악의 코스를 제시했음을 14시간이 지나서야 깨달았습니다.

도중에 두 번이나 현지인을 만나 이 길이 아레키파 가는 길이 맞냐고 물었습니다. 두 번 다 계속 가면 된다고 확실히 답했습니다. 가는 길은 확실히 맞았습니다. 세 갈래 어디로 가도 목적지는 하나였습니다. 험난한 길이냐고는 물어보지 않았으니 내 탓입니다. 이 역시 모든 건 내 탓입니다.

7시간이면 된다던 아레키파를 이틀하고도 7시간 만에 도착했습니다. 먼 길을 돌아가며 내려온 가장 큰 이유는 콜카 계곡을 가기 위해서였습니다. 이 도시에서 150km 정도 북쪽입니다. 전날 산중에서 얼마나 혼이 났으면, 계곡 입구를 그냥 지나쳤을까. 다시 되돌아 갑니다.

역시 안데스답게 한 시간 반 이상 오르막을 힘겹게 오르고, 그런 다음 또 한 시간 반 이상 가슴 졸이며 내리막을 내려와야 하는 4,600m 이상의 큰 고개를 넘어서야 드디어 콜카 계곡이 시작되는 치바이Chivay 마을이 모습을 드러냅니다.

오른쪽 절벽 아래의 계곡에서부터 정면에 보이는 큰 산까지가 전부 콜카 계곡입니다. 최근 저 산 뒤편에서 더 큰 계곡이 확인되기 전까지 세계에서 가장 큰 계곡이었다고 합니다.

또 비가 내리고, 구름이 잔뜩 끼여 한 치 앞도 분간하기 어려워진 고산 험한 밤길을 몇 시간 고생하여 되돌아왔습니다. 아레키파는 이래저래 우리와

여행 궁합이 맞지 않는 도시라는 생각이 자꾸만 들었습니다. 이럴 땐 서둘러 떠나는 게 상책이라는 것도 그 동안의 여행 경험에서 얻은 소득입니다. 힘들게 먼 길을 왔지만 미련 없이 떠납니다.

우주인의 낙서장 나즈카Nazka

이튿날, 나즈카로 가는 밤길에 드디어 총누적거리가 200,000km를 넘어섰습니다. 130,000km에서 여행을 출발했으니 만 10개월만에 70,000m 를 주행했습니다. 브라질의 리우에서 시작한 남미 여행에서만 20,000km가 경과했다는 이야기이기도 합니다.

잘 달려준 차에게 무한한 애정과 감사를 매일 느끼고 있습니다. 아울러 남은 여정도 무사히 잘 버텨주기를 진심으로 부탁하는 뜨거운 내 감정을 핸들을 통해 매일 간절히 전하고 있습니다.

서울의 절반쯤 되는 면적의 넓은 바닥에 누군가 낙서를 왕창 해두었습니다. 기원전부터 이 낙서를 시작하였다고 합니다. 하나 둘 그리기 시작한 낙서는 무려 9천여 개에 달합니다. 그렇지만 그린 이의 솜씨가 서툴러, 알아볼 수 있는 그림은 50여 개에 불과합니다. 그러니 분명합니다. 이 그림들은 외계인이 그린 것입니다.

나즈카에서 이곳을 찾는 것은 아주 쉬웠습니다. 저 멀리 몇 대의 경비행기가 상공을 선회하고 있는 것을 보고 찾아오면 됩니다. 비행기를 탈까 말까 수십 번도 더 망설였습니다. 아내는 "멀미가 심해서 비행장에서 기다릴테니 둘이서 타고 와." 합니다. "무슨 소리야, 같이 왔으니 같이 타야지!" 신

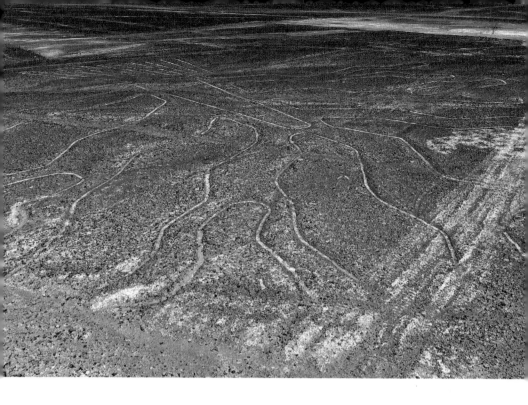

경전이 시작됩니다. 옥신각신 끝에 비행기 탑승 일보직전까지 갔다가 결국은 포기했습니다. 비행기를 타고 본 들 내가 이해할 수 있는 그림은 없다는 걸 알고 있기 때문입니다.

　페루를 여행하는 시간이 늘어나니 자연스럽게 알 수 있었습니다. 내가 우주인들이 만든 문명이라고 생각하는 잉카 문명이 왜 페루에 만들어졌는지. 지구상 어디에서도 보기 힘든 비현실적인 풍경이 페루 곳곳에 넘칩니다. 풀 한 포기 자라지 않는 황량한 사막. 기괴하고 비현실적인 형상의 바위산들. 조물주가 만들었다고 믿기 어려운 암벽들. 지구를 돌아본 우주인들이 지구 상에서 가장 자기들의 고향과 닮은 곳이 이곳 페루라고 생각하고 그들의 흔적을 남겼음이 분명합니다.

페루의 수도다운 신도시, 리마Lima

페루의 수도인 리마 시내로 들어왔습니다. 어리둥절합니다. 태평양 연안
에 접한 리마의 신도시 미라플로레스Miraflores는 여태껏 보아온 페루의 다
른 도시나 지역과는 전혀 다른 별천지 같은 도시입

니다. 마치 서울의 방배동에 온 듯한 느낌입니다.
페루 전체 인구의 1/3에 해당하는 천만 명 이상이
이 도시에 몰려와 살고 있습니다. 도시 면적만으로
는 서울의 다섯배쯤 되는 거대한 크기입니다. 고층
건물, 고층 아파트가 별로 없기 때문입니다.

그러나 치안이 불안하다는 것을 쉽게 알 수 있습니다. 리마 시가지의 구멍가게에서는 철창 밖에서 주문을 하면 주인이 돈을 받은 후 작은 구멍으로 물건을 줍니다.

설산과 빙하의 절경, 파론 호수

와스카란Huascaran 국립공원의 파론 호수로 올라갑니다. 원래는 우리나라 사람들이 많이 가는 와라즈의 69호수로 트래킹 할 생각이었으나 4,600m 고지를 6시간 동안 걸어서 왕복할 자신이 사라졌습니다. 카라즈 Caraz에서 30km 거리를 쉬지않고 꼬불꼬불 올라가 해발 4,200m 지점에 파론Paron 호수가 있습니다.

페루 북부 안데스 산 자락은 워낙 산이 크니 골이 깊고, 골이 깊으니 물살이 셉니다. 계곡 사이로 위태롭게 난 도로를 따라 조심조심 가는 것도 겁이 나는데 맞은 편 절벽 위에 사람이 거주하고 있는 모습을 보게 됩니다. 그런 마을을 지켜볼 때에도 인간의 한계가 과연 어디까지인지 무서워지기까지 했습니다. 나는 억만금을 준다고 해도 그런 곳에서 살아갈 자신조차 없는 나약한 존재입니다.

비포장도로를 절반쯤 올라갔을 때 주유게이지가 급격히 내려가는 걸 보고 차를 세워 확인하니 하체로 기름이 새고 있었습니다. 계속된 비포장도로 주행으로 연료 휠터 조임이 헐거워진 게 원인이었습니다. 마을로 급히 내려와 정비를 하고 다시 올라갔더니 목적지 10km 전방에 바리케이트가 쳐져 있었습니다.

"여행은 우리가 사는 장소를 바꿔 주는 것이 아니라
우리의 생각과 편견을 바꿔 주는 것이다."
– 아나톨 프랑스

오후 5시.

출입금지 시간이랍니다. 그냥 북으로 떠나려다가 아쉬움과 미련이 남아 이튿날 다시 30km 절벽길에 도전했습니다. 호수 건너편의 설산과 장엄한 빙하는 이틀간의 고생을 충분히 보상하고도 남을 정도의 절경이었습니다.

험난한 안데스를 피해 황량한 해안가로

태양은 오늘도 어김이 없습니다. 우리나라 사람들에게는 동해의 일출이나 태평양의 일출이라는 말이 익숙하지만 이곳에서는 해 지는 서해가 태평양입니다. 저 바다를 곧장 건너가면 우리나라, 내 고향이 있습니다.

페루에는 6,000m 이상의 봉우리가 50개도 넘게 있다고 합니다. 그러니 3,000m, 4,000m 정도라면 차라리 그냥 고개나 언덕 수준이라고 하는 게 어울릴지 모릅니다. 그런 대자연을 달려보고 싶어 페루의 내륙으로 들어왔지만 안데스는 그렇게 호락호락하지 않았습니다. 사흘만에 예비 타이어 두 개가 모두 손상되고 나니 두려움이 몰려 왔습니다. 4,000m 넘는 비포장도로에서 또 펑크라도 난다면, 그래서 꼼짝없이 고립되어야 하는 신세가 된다면 상상도 하기 싫습니다.

산악 도로를 포기하고 해안의 도로로 방향을 바꾸었습니다. 알래스카에서 칠레까지 이어지는 판아메리카 하이웨이PanAmerican Highway는 고속도로가 아니고 그냥 도로입니다. 또한 적어도 페루 구간에서는 푸른 파도가 쉴 새 없이 넘실대며 와 닿는 그런 해안가의 멋진 도로를 기대하면 안됩니다. 모래와 모래바람에 나뒹구는 쓰레기, 이해하기 힘든 난폭운전이 활개치는, 황량하고 사고율 높은 도로일 뿐입니다. 18일 만에 페루를 벗어나 에콰도르로 넘어갑니다.

가장 아픈 이름, 막내

아레키파로 가는 최악의 길에서 큰일이 날 뻔 했습니다. 비가 내리기 시작함과 동시에 펑크가 났습니다. 부랴부랴 차를 세우고 타이어를 교환하는 중 차를 떠받치고 있던 두 개의 자키 중 하나가 부러져 하마터면 막내가 차 밑에 깔리는 큰 사고를 당할 뻔 했습니다.

지금도 그 순간을 생각하면 전신에 소름이 돋습니다.

셋째가 태어날 무렵이 내 인생에서 가장 힘든 시기였습니다. 저 녀석이 태어났을 때 부끄럽게도 어떻게 먹여 살릴까 두려움이 앞섰습니다. 그만큼 힘들었던 시기였습니다.

백 일도 되지 않은 어느 날 호흡이 이상해 안고 병원으로 갔습니다. 큰 병원으로 가라고 했습니다. 선천성 심장병. 당장 수술하지 않으면 위험하다고 했습니다. 생후 3개월 핏덩이가 아홉 시간의 대수술을 받았습니다. 수술실을 나오는 의사 선생님은 모든 걸 하늘에, 아기 운명에 맡기고 기다리자고 했습니다.

그리고 3개월 넘도록 중환자실에 있었습니다. 그 힘든 기간 동안 아내는 중환자실과 중환자 보호실에서 단 한 발짝도 나오지 않았습니다. 한심하게도 나는 병원에 가기도 싫었습니다. 병원 앞을 빙빙 돌다가 그냥 집으로 돌아온 적이 몇 번이나 있었습니다. 살기까지 느껴졌던 아내의 염원 덕분에 아이가 기적적으로 살아났다고, 나는 지금도 그렇게 믿고 있습니다.

10 에콰도르 ——— 남미의 작은 보물창고

"태평양, 안데스, 평원과 화산, 그리고 적도를 가진"

ECUADOR

쿠엥카로 가는 길

작은 나라, 작은 마을을 거쳐서

에콰도르는 남미에서 제일 작은 나라입니다. 그렇지만 남쪽 끝에서 북쪽 끝까지 직선거리가 1,100km가 넘습니다. 기후나 문화적으로 아주 다양한, 재미있는 나라 에콰도르입니다. 사람들의 외모도 청결하고 공중도덕이나 질서의식도 훨씬 높은 수준입니다.

국경 근처의 작은 마을 카타마요Catamayo를 거쳐 안데스 자락의 작은 도시 쿠엥카로 들어왔습니다. 시가지가 높은 산에 둘러싸여 있는 분지입니다. 이 도시의 고도는 백두산과 비슷한 높이입니다. 에콰도르에서 가장 살기 좋은 도시라고 합니다.

시 중심부에 있는 쿠엥카 대성당의 화려한 모습만을 보면 성당 건물만을 두고 보면 여기가 유럽인지 남미인지 분간하기 어려울 지경입니다. 이 성당 건립에 사용된 연핑크색 대리석들은 모두 이탈리아에서 가져 온 것이라고 합니다. 대략 계산해 보아도 40,000km 이상을 싣고 왔다는 이야기입니다. 게다가 준공 당시 이 도시의 인구는 1만 명 정도였는데 이 성당은 9천 명을 수용할 수 있다고 합니다.

안데스를 내려오자 줄지은 초록 평원

　쿠엥카를 벗어나 태평양 연안의 대도시 과야킬을 향해 하루 종일 달리는 산길도 보통 수준의 흔히 볼 수 있는 자연경관이 아닙니다. 험준한 안데스는 오르내리느라 힘든 이곳의 주민들에게 대신 빼어난 자연 경관을 선물로 준 모양입니다.

　칠레에서부터 계속 안데스 안데스 하니까 한 친구가 아직도 안데스에 있느냐고 쪽지를 보내왔습니다. 안데스 산맥은 하나의 큰 산줄기로 만들어 진 게 아니고 수 겹, 수 십 겹의 산줄기가 남북으로 이어진 거대한 산계입니다. 안데스의 남북 길이는 7,200km나 되고 우리나라의 약 20배 정도입니다. 이건 비밀입니다만 그 친구, 학창시절 사회지리 과목은 영 꽝이었습니다.

에콰도르로 입국한 지 사흘만에야 안데스를 내려왔습니다. 놀랄만한 평원이 펼쳐집니다. 산지에서는 옥수수와 커피농장이 많았는데 서부의 평원으로 내려오니 대규모 바나나 농장과 사탕수수 농장이 길 양편으로 줄을 지어 전개됩니다. 안데스 산맥 쪽 국경을 통해 입국하여 며칠 산길만 다녔기 때문에 이 나라가 산악국가인 줄로만 알았는데 에콰도르는 전통적인 농업국가입니다. 페루처럼 국토 중앙부에 남북으로 안데스가 자리하고 있고, 서쪽의 태평양 연안의 대평원이 있어 대규모 농경지가 있으며 국토의 동쪽은 아마존 밀림 지대입니다.

갈라파고스의 이구아나를 키우는 도시 과야킬Guayaquil

이 나라의 수도인 키토보다 더 큰 도시로 유명한 과야킬 중앙에 위치한 세미나리오 공원에는 당국에서 키우는 이구아나들이 있습니다. 생긴 건 무섭고 험악하지만 무척 온순한 성격이라고 합니다.

갈라파고스에 가서나 볼 수 있을 줄 알았는데 이곳에서 백여 마리나 되는 이구아나를 만나게 될 줄은 몰랐습니다. 아, 갈라파고스. 배편이 확인되지 않아 아직까지도 갈지 말지 결정을 못하고 있습니다.

과야스Guayas강과 태평양이 합류하는 지역에 말레콘 강변공원이 조성되어 있습니다. 이 말레콘의 끝자락의 언덕위엔 예전의 빈민가였던 동네가 있습니다. 판자촌이였던 이곳을 집집마다 재단장하고 정비하여 브라질의 리우 데 자네이루처럼 유명 관광지로 변모시켰습니다. 언덕 위에 올라가 보려고 주차장을 찾는데 비가 쏟아져 포기합니다. 에콰도르에 와선 하루에 몇번씩이나 비를 만납니다.

험준한 협곡, 악마의 코로 향하는 지붕열차

에콰도르의 명물 지붕열차를 타보려고 먼 길을 돌아 왔는데, 많은 블로그나 여행 서적의 내용과는 사뭇 달랐습니다. 예전에는 북쪽의 리오밤바Riobanba에서 매일 출발하였습니다만 지금은 그곳에서는 매주 수요일 단 한차례만 출발합니다. 지금은 이곳 알라우시Alausi에서도 매일 아침 8시에. 한 차례만 운행합니다. 운행시간과 운행 구간이 많이 축소되었습니다.

편도 40분가량 운행하는 짧은 구간임에도 1인 왕복 요금이 무려 30$입니다. 일명 '악마의 코'라는 이름을 가진 저 산을 휘감아 오르내리는 선로를 만들기 위하여 얼마나 많은 사람의 노고가 있었을지 한눈에 쉽게 알 수 있을 만큼 험난한 구간입니다.

지붕열차는 원래 화물차만 있었고, 스릴을 즐기며 어쩔한 체험 관광을 했는데 승객들이 화물차 지붕에 올라가서 워낙 사고가 많이 나서 폐지되었다고 합니다. 그 이후로는 승객이 많이 줄었다고 하니 세상 참 묘합니다.

바다 아래부터 세계에서 제일 높은 산 침보라소Chimborazo

다시 북으로 진로를 바꾸어 침보라소 화산을 찾았습니다. 측정방식에 따라서는 세계에서 가장 높은 산입니다. 흔히 8,848m 높이의 에베레스트산이 가장 높다고 합니다만 이는 해수면을 기준으로 측정한 것입니다.

지구 중심핵에서 재면 적도상에 있는 이 침보라소 화산이 가장 높은 산이라고 합니다. 지구는 대단한 스피드로 자전을 하며 돌기 때문에 적도부근이 가장 원심력이 크고 가장 많이 늘어나게 되어 이론적으로 이 논리가 성립된다고 합니다.

어쨌건 해발은 6,268m로 당연히 에콰도르에서 가장 높은 산입니다. 산정 입구에서 여권을 제시하고 신상기록을 체크한 후 8km를 더 올라갔습니다. 해발 5,000m가 가까워오자 호흡이 가빠지며 동공도 아프고, 심한 두통이 시작되었습니다. 자동차의 구동력도 현저히 떨어짐을 쉽게 느낄 수 있었습니다. 4,800m 지점의 주차장에 차를 세우고 5,000m 지점의 전망대까지 올라갔습니다.

한 시간 가량 지켜보고 있었으나 구름에 덮인 정상은 쉽게 그 모습을 드러내지 않았습니다. 해발 5,000m, 내 생애 가장 높은 곳까지 올라와 보았다는 사실, 또 내 차를 직접 운전하여 해발 4,800m 높이까지 올라 왔다는 기록을 세운 사실만으로 만족하고 내려왔습니다.

액티비티를 즐기는 자들의 천국, 바뇨스

안데스에 와서는 내비게이션도 다음 행선지를 조회하다가 놀랄 때가 많습니다. 직선거리는 50km 정도인데 경로를 확인하면 200km가 넘는 경우가 자주 생깁니다.

그만큼 산은 높고, 덩달아 계곡도 깊어져 길이 험하다보니 꼬불꼬불 돌고 돌아서 올라갔다 내려오는 경우가 많습니다. 그 동안 똑똑하던 내비도 엄청 실수를 많이 하고 있습니다. 국내에서는 옥구슬 구르는 목소리로 "전방에 과속방지턱이 있습니다."까지 알려줍니다만 여기서는 내비게이션이 가리키는 길은 참고사항일 뿐, 모든 건 운전자인 나의 책임입니다. 이날도 그랬습니다.

구름에 가려 화산 구경도 허탕을 치고, 직선 30km 거리가 60km로 표시되어 2시간 정도로 각오하고 출발했습니다. 하지만 도중에 내비가 엉뚱한 산길로 안내하여 다른 길로 되돌리고, 되돌아 오는 다른 길이 산사태로 막혀 또 되돌고 하느라 30km의 거리를 결국 6시간 넘게 헤매다 밤늦게야 바뇨스에 겨우 도착했습니다.

액티비티의 천국 바뇨스Banos는 모험을 즐기는 젊은 여행자들이 꿈처럼 여기는 곳입니다. 계곡에서 번지점프, 외줄타기, 계곡 인라인, 짚라인, 별별 신기한 종목들이 다 있습니다. 우리집 청춘도 외줄에 매달려 고함을 지르며 계곡을 건너갔다가 오더니 다시 한 번 더 타고 싶다고 합니다. 나는 되려 돈을 준대도 저런 건 못 탑니다.

안데스 산맥의 화산 부자, 에콰도르

에콰도르에는 남미 전체 안데스 산맥에서 화산이 가장 많이 모여 있습니다. 5,000m급의 활화산이 무려 8개나 있습니다.

일반적으로 이곳 저곳 투어를 신청해야 하지만 우리는 마음 내키는 대로 일정을 정하여 찾아 다닙니다.

'보일 듯이 보일 듯이 보이지 않는'이라는 노래 가사처럼 퉁그라우아 Tungurahua 화산도 그랬습니다. 따옥 따옥 소리 대신 구름을 뚫고 지축을 울리는 화산의 소리만이 확실하게 온 몸으로 전해져 왔습니다.

인간이 만든 어떤 소리로도 감히 흉내 내지 못하는, 두려움이 솟는 하늘의 소리였습니다.

또 다른 화산을 찾아 발길을 옮깁니다. 이번에는 고토팍시Cotopaxi 화산입니다. 해발 5,897m, 에콰도르에서 두 번째 높은 산이며 활화산으로는 세계 최고의 높이입니다. 1738년 이후 50번 이상 분화했다고 합니다. 웅장하고 경이로운 멋진 모습을 기대하고 올라갔지만 구름이 좀처럼 비켜주지 않습니다. 주변에 나무 한 그루 없는 호수는 황량하기조차 합니다. 해발 4,200m. 이미 수목한계선을 훨씬 넘어선 높이입니다.

적도에서 가장 가까운 도시 키토Quito

에콰도르의 수도 키토는 북쪽에 있습니다. 비교적 덜 험준한 지역이라고 하나 그래도 엄연히 안데스에 위치합니다. 키토를 향하는 고속도로를 달립니다. 잘 만들어진 편도 3차선의 넓은 도로이나 직선구간은 거의 없습니다. 수시로 오르내리는 급경사 비탈길에, 쉼없이 급커브가 이어집니다. 마치 레이싱 게임을 하고 있는 기분입니다.

하지만 안데스의 험준한 산계 안에서 이 정도 만들려면 엄청난 공사비와 노력이 필요하다는 걸 알기에 고마워하며 달립니다. 게다가 도로통행료는 Only US 1$! 어디서나 단돈 1달러입니다.

에콰도르의 수도 키토. 토속어로 Qui는 '중앙, 가운데'를 뜻한다고 합니다. To는 '땅'이라는 의미라고 합니다. 지구의 한가운데에 있는 땅이라는 뜻입니다. 전 세계의 수도 중에서 가장 적도 가까운 도시이자 세계에서 두 번째로 높은 곳에 위치한 수도입니다.

이 도시에 있는 바실리카Basilica 대성당은 두 개의 시계탑에는 각 방향으로 하나씩 모두 여덟 개의 시계가 온 시가지 각 방향에서 보이도록 있었습니다. 그러나 안타깝게도 정확한 시간을 가리키는 시계는 단 하나도 없었습니다. 이런 허술한 면이 남미의 매력이기도 합니다.

세상의 한가운데, 적도를 밟다

키토에 왔다는 것은 적도에 왔다는 말입니다. 이 도시에서는 정오에는 그림자가 없어진다고 합니다. 아쉽게도 정오가 지나 확인할 수는 없었습니다. 대신 적도 박물관을 찾았습니다. 라 미타 델 문도 La Mitad del mundo. '세상의 한가운데'라는 뜻입니다. 탑 뒤편은 지구의 남반구이고 이쪽은 북반구입니다. 지구본에서나 보아왔던 그 적도를 두 발로 직접 밟아 보았습니다.

18세기 초 영국과 프랑스의 지리학자들이 모여 공동 측정을 하여 이 적도선을 찾아냈으며 그 업적을 기리기 위해 이 곳에 적도기념탑을 세웠다고 합니다. 근래 위성을 이용한 GPS가 발명되고 나서 정밀 측량을 해 보니 7도의 오차가 있었다고 합니다. 더욱 놀라운 사실은 그 자리는 원주민들이 옛날부터 '태양의 길'이라는 뜻의 '인띠 난'이라고 부르는 성스러운 장소였다고 합니다. GPS는 커녕 기초적인 측정 장비도 없었던 그 시절에 어떻게 정확한 적도 라인을 찾아냈는지 불가사의한 일입니다. 그러니 또 그 생각이 듭니다. 우주인이 분명합니다.

아쉬움과 미련을 남기고

안데스와 태평양, 아마존과 갈라파고스. 다른 나라에 쉽게 없는 것들을 모두 가져 남미의 보물창고로 불리는 에콰도르입니다. 어렵게 와서는 안타깝게도 아마존과 갈라파고스를 포기합니다. 많은 아쉬움과 미련을 남기고 에콰도르를 떠납니다. 그렇지만 국경을 넘기 전에 예비 연료통에까지 기름은 가득 채워서 콜롬비아로 넘어갑니다.

여행 속 이야기

1갤런에 1달러!

주유를 합니다. 세상에! 경유가 1달러, 1,200원입니다. 우리나라와 비슷하다고요? 예전부터 미국 영향권 아래에 있는 에콰도르는 액량 표시도 미국식 갤런Gallon으로 표기합니다. 그래서 이 가격은 1리터 가격이 아니고 1갤런의 가격입니다! 1갤런은 약 3.785리터이니, 리터로 환산하면 1리터에 320원입니다. 320원! 껌값도 안 됩니다. 과연 OPEC 석유수출국기구 회원국가 답습니다. 내 차의 주유 용량이 80리터인 게 원통합니다. 꽉꽉 밟아서, 꾹꾹 눌러 담고 싶습니다.

적도에서 달걀 세우기

모자도 안 쓰고, 선글라스도 선크림도 안 바르고 세상의 한 가운데 섰습니다. 그곳에서 못 위에 달걀 세우기를 합니다. 지구 중력이 수직으로 작용하는 이곳에서는 노른자가 달걀 한가운데 위치하기 때문에 쉽게 세울 수 있다고 합니다. 그 쉽게라는 말에 현혹당해 도전해 보지만 결코 쉽지만은 않았습니다. 그렇지만 성공!

"누구나 넋을 잃고, 발걸음을 멈춥니다"

COLOMBIA

황금 박물관

한때 최대 수출품은 황금이 아닌 마약

국경도시 툴칸에서 콜롬비아로 입국했습니다. 소문과는 달리 세관원 모두 친절하게, 편안하게 업무를 처리해 주었습니다. 콜롬비아의 정글에는 남미 최대규모의 반군 무장세력인 FARC가 반 세기 이상 정부군과 충돌하며 대치하고 있습니다.

이데올로기 시대 극소수의 친 서방 거대 자본세력이 정치와 경제를 거의 장악하였습니다. 대다수 국민들이 그 부작용에 시달리게 되고 이에 반발하던 농민들은 정글로 들어가 무장을 하고 게릴라활동을 시작합니다.

이들은 테러와 납치, 암살 등 국지적이면서 과격한 방법으로 정부와 투쟁을 계속합니다. 당연히 막대한 자금이 필요하게 되고 손쉽고 빠른 시간에 자금을 마련하기 위해 마약에 손을 대기 시작했습니다.

이런 과정을 거쳐 결국 콜롬비아는 세계 최대의 마약 생산국이 됩니다. 공식적으로 이 나라 최대 수출품인 커피의 2.5배에 달하는 대규모의 마약을 지하루트를 통해 미국을 비롯한 서방 세계로 수출한 적도 있었다고 합니다.

성모마리아가 나타난 절벽, 그 위의 아름다운 성당

　국경 근처에 있는 산투아리오 데 라스 라자스Santuario de las Lajas 성
당으로 갑니다. 어떤 연유에서 이런 골짜기 협곡에 힘들게 성당을 지었을까
검색해 보니 성모마리아가 발현한 그 장소에 똑같이 형태로 제단을 꾸미다
보니 이런 독특하고 멋진 모양의 성당을 만들게 되었다고 합니다. 1916년에

세워진 이 성당은 세상에서 가장 아름다운 성당 Best5에 든다고 합니다. 성당도 멋지고 훌륭하지만 주변의 협곡 풍경도 결코 뒤지지 않습니다.

산악도로를 견디지 못하고 멈춰버리다

하루를 머물렀던 혼잡한 파스토 시내를 벗어나 산악도로로 접어들었습니다. 이런 험준한 산악지형을 1,500km 가량 달리면 콜롬비아를, 그리고 남미대륙을 벗어납니다. 여태까지 이걸 고생이라고 생각한 적은 단 한 번도 없었는데 이젠 좀 수월한 길을 달리고 싶습니다. 그렇지만 현실적으로 이 넓은 나라에 그런 쉽고 평탄한 길이 없다는 게 문제입니다.

40km 정도의 속도가 되니 계기판 가득 각종 경고등이 뜨고 경고음이 울리고는 차가 멈춰버립니다. 오르막길에서도 속수무책입니다. 가장 싫어하고, 가장 두려워하는 증상입니다. 어떻게 손을 쓸 수가 없습니다.

첩첩산중에서 마을까지 겨우 가서 정비소를 찾았습니다. 고개를 가로 젓
습니다. 25km 더 가면 큰 마을이 있다고 합니다. 손짓 발짓, 어렵사리 견
인차를 불렀습니다. 엘 보르도El Bordo에서 제일 큰 정비소로 실려 갔습니
다. 진단기를 물려보고 밧데리도 교환해 봅니다. 아무 소용이 없습니다. 다
시 세 시간이 넘도록 실려가 좀 더 큰 도시 포파얀Popayan에 도착했습니
다. 하루 동안 도시의 큰 정비소를 죄다 찾아 다녀 보았지만 모두 고개를 절
레절레 흔들었습니다.며칠만에 또 다른 견인차레 실려갑니다.

칼리Cali로 가서 시내를 돌고 돌아 정비소를 겨우 찾았습니다. 사정을 이
야기했더니 온갖 허풍을 떱니다. 이 도시에서 이 차를 고칠 수 있는 곳은 자
기네뿐이라고, 여기서 못 고치면 보고타로 가야만 한다고. 일단 지금은 금
요일 오후 폐점시간이니 차를 입고시켜 두고 월요일 아침에 다시 오라고 거
만스레 얘기합니다. 내가 제일 싫어하는 스타일입니다. 두 말 않고 돌아섰
습니다.

이 여행의 끝?!

칼리는 콜롬비아에서 세 번째 큰 도시입니다. 이 곳에서 수선이 불가능
하다면 또다시 견인차에 실려 이 나라의 수도인 보고타Bogota로 가야 합니
다. 이 메이커의 차량이 귀한 이 나라에서 수리가 불가능 하다면 부득이 더
이상의 여행은 포기하게 될지도 모르는데 그런 상황이 될까 두려워졌습니
다.

결국 방문했다가 그냥 나왔던 시건방진 정비 센터에 다시 들렀습니다. 다시 올 줄 알았다는 눈짓의 거만한 흰 얼굴은 진단기를 연결하여 직접 20분 동안 운전해 보고서 이마의 땀을 닦으며 말합니다.

보고타로 가도 이 차를 고치기는 힘들다고, 원인을 찾기도 힘들고 만일 찾아도 부품이 없을 거라고. 아예 곧장 파나마로 가서 파나마시티의 수리센터로 가라고 합니다. 또 다른 정비소를 찾았습니다. 수선은 하지 않고 시간만 끌었습니다. 그러면서 '내일'이라는 뜻의 '마니아나'만 외칩니다. 닷새 만에, 견인차를 끌고 가서 대판 싸우고 빼앗듯이 실어내어 밤을 새워 14시간을 달려 보고타로 옮겼습니다.

만약 파나마시티에서도 수습이 안 된다면 북중미는 기약도 없는 다음으로 미루고 부산으로 가는 컨테이너를 물색해야 합니다. 남미 대륙만이라도 여행을 마친 걸 고마워하면서. 지난 일주일간 세 번씩이나 앞뒤로 꽁꽁 묶여 고물 트럭에 실려 다니는 내 차를 보니 그간 얼마나 혹사시켰는지 미안해서 견딜 수가 없습니다. 심한 몸살을 앓고 있는, 분신 같은 우리차가 빨리 회복되기를 빌 뿐입니다.

무슨 일이 있어도 여행은 계속된다

국내외의 많은 분들로부터 믿기지 않을 만큼 많은 연락을 받았습니다. 이번 일을 겪으며 새삼 놀랐습니다. 이렇게 많은 분들의 관심 속에 우리 식구가 놓여 있는 줄 몰랐습니다. 안되면 여행을 포기하고 부산으로 차를 실어 보내려고 했던 생각이 얼마나 무책임하고 못난 모습인지도 절실히 깨달았

습니다. 남미 여행의 끝자락에 와서 알았습니다.

출발할 때의 이 여행은 나의 오랜 꿈이었는데, 지금은 나 혼자만의 여행이 아니라 지켜보는 모든 이들의 꿈이며 여행이라는 사실을 깨우쳤습니다.

무슨 일이 있어도 여행은 계속합니다. 차가 수리되기를 기다리는 동안 보고타를 둘러보기로 합니다.

보고타를 한눈에 바라볼 수 있는 몬세라테Monserrate산의 전망대에 올랐습니다. 파노라마처럼 전개되는 이 도시의 정식 이름은 산타페 데 보고타 Santafe de Bogota입니다. '울타리가 쳐진 들판'이라는 뜻이라 합니다. 이름에서 알 수 있듯이 안데스의 준봉들에 둘러싸인 분지입니다.

황금 도시의 흔적을 모아 놓은 박물관

콜롬비아는 엘도라도의 전설이 탄생한 땅입니다. 이 나라 콜롬비아와 보고타 인근지역은 스페인 침략자들이 가장 군침을 흘린 곳입니다. 보고타 공항의 이름이 엘도라도 공항인 것도 결코 우연이 아닌듯 합니다.

그 명성대로, 황금박물관Museo del Oro은 말 그대로 황금이 가득한 박물관입니다. 이 땅에서 생산되고 가공된 금 세공품 34,000여 점, 은과 동, 자기와 토기로 만든 유물이 만여 점 등이 보관 및 전시되어 있습니다. 누구나 넋을 잃고 바라봅니다. 누구나 한동안 발걸음을 떼지 못합니다.

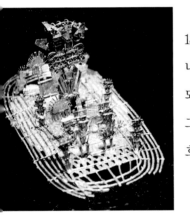

이 황금박물관의 하이라이트인 가로 10cm, 세로 18cm 크기의 황금 뗏목입니다. 순금으로 만들어졌습니다. 보고타 인근의 구이타비타 호수 바닥에서 출토되어 세계인에게 엘도라도의 전설을 상기시킨 바로 그 화제의 유물입니다. 고대 원주민들은 뗏목을 타고 호수의 가운데에서 황금 제물을 바쳤다고 합니다.

이 전설을 듣고 침략자들이 오랜 공사 끝에 호숫물을 전부 제거한 끝에 기대에는 못 미치지만 꽤 많은 금을 발견하고 전부 스페인으로 옮겼다고 합니다. 대체 이 건물 내부에 소장된 황금의 양이 얼마나 될지, 그것보다 유물로서의 가치를 금전으로 환산하면 얼마나 될지 궁금합니다. 속물답게.

여행 1년 째, 남미 여행의 끝을 향하여

의미가 깊은 날입니다. 지난해 4월 19일 한국을 떠났습니다. 그러니까, 여행을 떠난 지 꼭 일년째 되는 날입니다. 지난 3월 7일 콜롬비아에 입국하여 사흘만인 3월 9일 차에 탈이 생겼고, 41일 만에 드디어 우여곡절 끝에 수리를 마쳤습니다. 처음부터 끝까지 여기는 남미임을 실감했습니다. 그간의 사연은 다시 생각하기조차 싫을 정도입니다. 하지만 나는 압니다. 수 개월 후, 혹은 수 년이 지나고 나면 아마도 콜롬비아에서 겪은 이 수난을 가장 크게 기억하고 추억하게 되리라는 사실을 나는 압니다.

차를 고치고 가장 먼저 메데진Medellin으로 향했습니다. 콜롬비아 제2의 도시입니다. 인근 금광개발에 힘입어 일찍부터 성장한 도시이지만 20세기부터는 세계 커피 산업의 중심지 역할을 수행해 온 도시입니다. 메데진 옆에 붙어 있는 구아타페Guatape로 갑니다. 콜롬비아 북부 내륙의 유명한 휴양지로 호반의 도시지만 거대한 돌출된 암벽, 엘 페놀로 유명한 곳이라 그걸 꼭 보고싶어 왔습니다.

암벽 위에서 내려다보는 인공 호수도 놀라울만큼 아름다웠습니다. 하지만 그보다 호반에 자리잡은 유서깊은 동네가 훨씬 더 정감있고 친근스럽게 느껴졌습니다. 콜롬비아 북부 카리브해 연안의 항구도시 카르타헤나까지는 여기서 700Km. 이틀 후면 도착합니다.

남미의 테라스, 카르타헤나Cartagena

4월 24일, 남미여행의 마지막 종착지로 정했던 카르타헤나에 도착했습니다. 안데스의 끝이 보입니다. 막연하지만 조금씩 느끼고 있습니다. 내가 왜 여행에 빠져드는지, 내가 이 여행에서 무엇을 얻고 있는지, 여행이 나를 어떻게 변화시키고 있는지 조금씩 알 수 있을 듯합니다.

기원전 BC 4000년경부터 인류가 거주한 흔적이 있는 이곳에 스페인 침략자가 첫발을 디딘 건 1533년이라고 합니다. 점령군의 대장 페드로는 이곳을 기점으로 남미 전역을 효율적으로 식민지배하고자 새로 도시를 건설하면서, 자기들의 고향 스페인 남부의 항구도시 이름을 붙입니다. '카르타헤나'라고.

　미국 건축학자들의 연구대상이라는 요새입니다. 그 유명한 캐리비언의 해적, 카리브의 해적들이 모두 이곳과 스페인을 잇는 동선을 중심으로 활동했다고 합니다.

　카르타헤나 성 안으로 들어가는 주요 출입구인 푸에르타 델 렐로흐, '시계의 문'입니다. 뒷편의 광장이 바로 노예 시장이었습니다. 마차 광장 Plaza de los coches입니다. 아프리카에서 잡혀온 노예들이 남미 각지로 팔려간 슬픈 역사의 장소입니다. 그런 이유에서일까 이 도시에는 유난히 흑인들이 많습니다.

여행이란 젊은이들에게는 교육의 일부이고
연장자들에게는 경험의 일부이다
― 베이컨

카르타헤나에서 내려다본 풍경

개고생으로 불리는 구간, 다리엔 갭Darien Gap

다리엔 갭은 파나마와 콜롬비아 접경에 위치한 지역을 일컫는 말입니다. 다리엔 갭을 가리켜 아메리카 대륙을 종단하는 오버랜더들이 가장 많이 표현하는 단어는 '개고생'입니다. 길이 160km, 폭 50km의 구간으로 정글과 습지대, 험준한 산으로 이루어진 오지 중의 오지입니다.

알래스카에서 시작하여 칠레까지 이르는 판아메리카 하이웨이가 도중에 끊어진, 길이 없는 구간입니다. 자연 그대로의 모습을 볼 수 있는 환상적인 곳이기도 하지만, 전혀 개발되지 않은 야생 그대로의 환경이 인간을 위협합니다. 더 위험한 이유는 사람입니다. 콜롬비아 게릴라 반군의 주된 활동 영역이기 때문입니다.

어마어마한 항공운임을 부담할 수 없으니 차는 컨테이너를 이용해 건널 수밖에 없습니다. 남북 아메리카를 잇는 가장 중요한 항로인 만큼 운행 선박회사는 많습니다. 선박회사는 개인과 거래하지 않습니다. 반드시 에이전시를 통해야만 선적과 이동이 가능합니다. 이 말은 돈이 더 필요하며 절차가 어렵고 복잡하다는 말입니다. 많은 비용과 복잡한 절차, 엄중한 검색과정을 거친 끝에 차를 컨테이너에 실어 파나마로 보냈습니다.

우리는 밤 비행기를 이용하여 열흘 전에 떠나 온 메데진으로 되돌아 갑니다. 일주일 동안 차로 고생하며 달려 온 안데스의 그 험준한 길을, 불과 한시간 반 만에 날아서 다시 간다고 하니 조금은 허망하기도 합니다. 메데진에서 국제선 새벽 비행기를 타고 파나마로 넘어 갑니다.

콜롬비아의 항공사의 얄팍한 상술

메데진의 공항 근처 숙소에서 새벽 2시에 일어나 공항으로 나갔습니다.
5시 10분 파나마시티 행 발권을 위해 카운터에 서면서 문제가 시작됩니다.

"파나마에서 어디로 갈 거야?"

"코스타리카로 넘어가."

"비행기표 보여줘."

"우린 차로 여행하고 있는데 어제 차를 파나마 콜론으로 보냈어."

"나는 그런 건 몰라.
파나마 출국 티켓이 없는 사람을 보딩시키면 안 된다는 지시를 받았어."

"그럼 책임자와 이야기하게 해줘."

"책임자는 8시에 나오니 기다려".

"5시 출발인데 그때까지 기다리라고?"

"나는 몰라. 규정이 그래."

욕이 목구멍까지 치솟아 올라옵니다.

"어떻게 하면 되는데?"

"파나마 출국 티켓을 사와야 보딩시켜 줄 수 있어."

이미 네 시가 지났습니다. 티켓 창구로 가서 급히 표를 구합니다. 제일 싼
걸로. 저가항공이라지만 세 식구 몫을 구매하니 제법 금액이 커집니다. 환불을
생각하면서도 기가 막힙니다.

보이지 않는 힘의 수호

차가 고장나 시간적인 손실이 있었지만 이 또한 다른 큰 시련을 피하기 위해 보이지 않는 큰 힘의 의도였다고 생각합니다. 에콰도르의 지진만 생각해도 우리에겐 얼마나 다행스러운지 모릅니다. 과야킬에서 머물렀던 그 호텔 인근의 고가도로가 무너져 내린 뉴스를 보고 놀란 가슴을 쓸어 내렸습니다. 그 험준한 산길에서 지진으로 무너져 내린 흙더미에 갇히기라도 했다면, 도로가 복구될 동안 나오지도 못하고 거기 머무를 수밖에 없었다면, 행여 다치기라도 했다면…. 한 달 가량 일정이 지체되었지만 그건 되려 하늘이 지켜주고 보살펴 준 덕이라고, 그 덕분에 우리 식구가 지금 여기에 무사히 있다고 감사하고 있습니다.

ROUTE 3. PANAMA ···› COSTARICA ···› NICARAGUA ···› HONDURAS ···› GUATEMALA ···› MEXICO ···› U.S.

"여행 중에 우리는

발전하고 바뀌고 다른 사람이 된다"

레몽 드파르몽

"바다의 교차로, 아메리카 대륙의 허리"

파나마 운하

12
PANAMA

파나마 운하의 그 '파나마'에 도착했습니다

비행기는 고작 한 시간을 날아 파나마시티 외곽의 태평양 공항에 도착했습니다. 입국장에서 수속을 밟습니다. 척 보더니 "여행객Tourist?" 합니다. "네Yes!" 얼굴 사진 찍혀주고, 양손 열 손가락 지문 찍어주니 입국 스탬프를 꽝 찍어줍니다. "파나마에 온 걸 환영해Welcome to Panama!"하고는 윙크까지 날려줍니다. 출국용 티켓 여부는 묻지도 않습니다.

파나마라는 나라가 어디 있느냐고 물으면 대부분의 사람들은 중미 어디쯤에 있다는 건 알지만 정확한 위치를 짚어내지 못합니다. 그러나 파나마 운하가 어디 있느냐고 물으면 모두 정확하게 답합니다. 파나마에 있다고. 그 파나마에 드디어 입국했습니다.

두 얼굴의 수도, 파나마시티

　파나마시티를 보는 첫 소감은 마치 한강에서 고층 건물이 늘어서 있는 강남을 바라보는 것 같습니다. 시티 앞바다를 휘감아 원형의 긴 해상 도로가 설치되어 있습니다. 포화 상태인 시가지를 빗겨 파나마 만을 돌아서 시가지 이쪽과 저쪽을 연결하는 해상 교각 도로입니다.

　파나마시티는 1519년에 스페인 점령군이 건설하였습니다. 이 도시를 기점으로 남아메리카 대륙을 하나씩 하나씩 점령하기 시작합니다. 잉카를 멸망시키고 페루에서 탈취한 금과 은을 비롯한 재화들을 모두 이곳으로 집결하여 무역을 했다고 합니다. 그러던 중 화약 창고에 불이 붙어 폭발하면서 온 도시가 전소되었고 결국 1673년 서쪽으로 이전하여 새로운 신도시를 건설했습니다.

　그렇게 남겨진 것이 현재의 파나마시티 구 시가지입니다. 짓다 만 흉물스러운 공사현장들이 많이 눈에 뜨입니다. 대부분의 상가의 간판은 거의 공해수준입니다.

60일 거리를 반으로 줄인 파나마 운하

　스페인이 파나마를 점령했던 그 시절부터 이곳에 운하를 구상했다고 합니다. 그러나 프랑스가 추진하다가 자금난 등의 문제로 손을 들게 되고, 결국 미국이 인계받아 당시 기술력과 자본, 인력 등을 총동원하여 놀랍게도 불과 10년만에 운하를 완성시켰습니다.

　태평양과 대서양 쪽에 각각 대형 갑문이 3개씩 있습니다. 갑문에서는 보통 걸음 속도인 시속 3.2km로 82km 거리의 운하를 통과합니다. 백 년 전의 기술력으로 이렇게 대단한 시설을 만들었다는 사실이 믿기질 않습니다.

초대형 선박들은 초기 설계 단계에서부터 이 운하 통과를 염두에 두고 선폭의 크기를 결정한다는 사실을 이곳에 와서 내 눈으로 직접보았으니 이젠 믿겠습니다. 파나마 운하를 통과할 수 있는 최대 크기의 선박을 '파나막스급 선박'이라고 한다는 것도 알았습니다.

부산항에서 미국의 LA까지 선박 운송에는 보통 28일 정도가 소요됩니다. 부산항에서 파나마 운하를 경유하여 뉴욕까지는 35일쯤이면 가능하다고 합니다. 그러나 부산에서 파나마를 거치지 않고 남쪽의 마젤란 해협을 통과하여 뉴욕으로 돌아서 가면 60여 일이 걸린다고 합니다.

차를 가지고 파나마를 벗어납니다

　자동차를 통관 인수하기 위해 파나마 제2의 도시 콜론Colon의 세관에 왔습니다. 믿기 어렵겠지만 버스터미널 바로 건너편 풍경입니다. 막 전쟁을 치른 폐허도시가 아닙니다. 칸칸이 실제로 사람이 거주하고 있습니다. 115개의 외국 은행이 진출하고 있다는, 대서양 연안의 도시 콜론의 중심 상가입니다.

콜론의 파나마 세관 내부에는 민원인들이 앉을 수 있는 의자가 없습니다. 내 두 배는 넘을 거대한 몸집의 직원은 여태까지의 세관 중 가장 오래 시간을 끌었습니다. '차량 임시 반입허가서' 한 장을 받기 위해 75분 동안이나 그녀 앞에 벌서듯 서 있었습니다. 겨우 전해 받은 서류의 국적란에는 놀랍게도 'CHINA.' 그걸 수정하느라 또 한 시간을 허비했습니다.

모두들 귀가 울릴 정도로 큰 목소리로 떠들고, 전화하고, 안 들리니 더 큰 목소리로 고함을 지르고……. 그런 창구를 몇 개씩 거치며 몇 번이나 줄 서서 모두 13개의 스탬프와 서류를 받았습니다. 지나쳐 갈 여행자임에도 쓸데없이 6개월 자동차 보험을 가입해야만 했으며, 이틀 동안 다니며 줄 서서 기다리고 고생는데도 도리어 85달러의 엄청난 수수료를 지불해야만 하는 이상한 나라의 세관에서 드디어 차를 인수했습니다. 대단한 파나마를 벗어나 미련없이 코스타리카로 떠납니다!

"맹수가 나올 것만 같이 우거진 녹음"

COSTARICA

리오 셀레스테

13
COSTARICA

정글을 방불케하는 코스타리카 국경

　파나마 국경에서 출국수속을 마치고 코스타리카 공화국으로 넘어왔습니다. 양국의 출입국관리소 구역 내부인데도 엄격하거나 삼엄한 경비 같은 건 전혀 느낄 수가 없습니다. 대신 길 양쪽으로 우거진 나무와 얽혀 있는 덩쿨들이 국경이 아니라 정글로 들어가는 것 같습니다.

정글을 지나 들어간 세관은 혼잡스럽다 못해 마치 시장판 같습니다. 가게도 많고 손님을 기다리는 택시, 노점상들, 세관에서 버스를 기다리는 승객들까지. 37도를 넘는 무더위지만 모두들 분주합니다. 좋게 표현하자면 활기가 넘칩니다. 입국장에서 여권에 입국 스탬프를 찍고, 자동차 통관을 위해 옆 사무실에 자리한 아두아나Aduana로 갑니다. '세관'입니다.

복사 요구도 간단하게 여권 앞면, 자동차 등록증 사본, 자동차 보험증서 이 세 가지만 요구합니다. 우리나라에선 민원인에게 밖에 나가서 복사해 오라고 하면 인터넷에서 난리가 나고, 뉴스에 나올 만한 사안이지만 여기서는 어림도 없는 소리입니다. 길 건너 복사 가게가 있습니다. 1달러, 세 장을 복사하고 1달러면 무지 비싸지만 파나마 콜론에서 겪은 생고생을 생각하니 너무나 간편하고 쉽고 저렴해서 고마워서 절이라도 하고 싶은 심정입니다.

영세 중립국가인 코스타리카의 나라 이름은 '풍요로운 해안'이라는 뜻의 스페인어입니다. 태평양 연안의 바다도 풍요롭지만 국토는 더욱 풍성하고 초록의 여유가 부럽도록 넘칩니다. 우리나라 절반 정도인 좁은 국토이지만 불과 5백만 명 정도의 국민 모두가 여유롭게 살고 있는 나라입니다.

영화 〈쥬라기 공원〉의 모티브가 된 원시림

일부러 찾아 들어간 첩첩산중이 아닙니다. 하룻밤 머문 길가의 호스텔의 마당에서 바라보는 뷰가 이렇게 나옵니다. 국토의 절반 이상이 아직 사람의 발길이 닿지 않은 원시림이라고 합니다.

영화 〈쥬라기 공원〉의 촬영지가 바로 이곳이라고 합니다. 국도를 조금만 벗어나도 금방이라도 맹수가 나올 것 같은 우거진 녹음 때문에 자꾸 차를 세우고 사진을 찍습니다. 그러나 벌레가 무섭다고, 뱀이 나온다고, 악어가 나온다고, 원숭이가 덤빈다고 절대 내리지 않습니다.

며칠새 수많은 동물들을 만나 봅니다. 동물원에 가지 않고 이렇게 많은 야생동물을 쉽게 만나 볼 수 있다는 사실이 직접 보고도 믿기지 않을 정도입니다.

판 아메리카 하이웨이를 달리다가 교량 위에 사람들이 걸터 서서 다리 아래를 내려다보고 있는 모습을 보고 무슨 일일까 궁금해졌습니다. 차를 세워 두고 거슬러 걸어가 보았습니다.

세상에! 득시글거린다는 표현은 이런 걸 두고 하는 말입니다. 시선 닿는 곳마다 악어가 있습니다. 3m, 4m는 족히 될 거대한 악어가 100마리가 넘을 정도로 떼지어 있습니다. 지구상 가장 강력하고 잔인한 동물로 여기고 있었던 악어를 이렇게 쉽게 만나게 될 줄은 몰랐습니다. 그것도 꽁짜로!

아직도 살아 있는 수천만 년 전의 화산들

코스타리카는 작은 나라이지만 곳곳에서 화산과 호수들을 만나 볼 수 있습니다. 코스타리카에는 11개의 화산이 있습니다. 그중 지금도 연기를 뿜어내고 있는 활화산이 4개나 된다고 합니다.

남미의 에콰도르와 콜롬비아 등지에서 화산 분화구를 보려고 5,000m까지 운전해서 올라가보기도 하고, 고산병에 시달리면서 몇 번씩이나 여러 곳의 화산을 찾아갔으나 날씨 때문에 결국 한 번도 화산 정상을 구경하지 못하고 허탕만 치고 여기까지 왔습니다. 그랬는데 여기 와서는 매일 몇 개의 화산을 편안하게 만납니다.

참 묘한 기분이 듭니다. 모든 건 때가 있다는 말에 또 한 번 공감합니다.

서북쪽의 유명한 활화산 아레날 화산으로 가고 있습니다. 호수 건너편에 아레날 화산의 웅장한 모습이 보입니다. 자세히 보면 정상 분화구에서 폴폴 솟아오르는 연기를 볼 수 있습니다.

1968년 폭발로 80여 명의 사상자가 발생한 아픈 기록이 있는 화산입니다만 현재는 주변 일대를 특급 리조트 단지로 조성하여 유명한 관광지로 변모하는 데 성공하였습니다.

하늘을 닮은 폭포, 리오 셀레스테

니카라과로 올라가는 경로에서 많이 벗어나지 않은 곳에 테노리오 화산 국립공원이 있습니다. 당초 예정에는 없었지만, 일부러 시간을 내어서라도 찾아가는 마당에 마다할 이유가 없습니다.

웅장한 굉음과 함께 이런 폭포가 등장합니다. 리오 셀레스테입니다. '셀레스테'는 하늘이라는 의미입니다. 그 의미처럼 물 색깔이 환상적입니다. 그러나 색에 홀려 마시면 안 됩니다. 화산의 영향을 받아 유황성분이 많기 때문입니다.

우리나라에서는 보기 힘든 색다른 자연의 풍경입니다. 멋진 풍경, 아름다운 사진 속에 감춰져 있는 불편함과 위험함, 이런 풍경을 만나기까지의 고단함 같은 것들은 내게 맡기고 편안히 이국의 그림과 풍경을 즐기시길.

근데 나는 이제 이런 보기 힘든 풍경보다는 신록이 눈부신 초여름의 우리네 산과 들이 보고 싶고, 새벽부터 귀 따갑게 울어대던 집 앞 공원의 매미소리가 듣고 싶고, 가끔씩 오르던 남산 산책길의 산들바람을 느껴보고 싶습니다. 아마 이제 돌아가면 단지 눈으로만이 아닌 온몸으로 느낄 수 있을 것 같습니다.

여행을 시작해 처음으로 출국세를 냅니다

시골 장터 같은 코스타리카의 출국장에서 1인당 US 8달러의 출국세를 지불하고서야 출국 스탬프를 받았습니다. 13개월째 다니면서 출국세라는 건 처음입니다. 에메랄드를 떠올리게 하는 초록의 나라 코스타리카를 벗어납니다.

니카라과

'니카라과'라는 나라 이름은 '양쪽으로 물이 있는 나라'라는 뜻입니다. 태평양과 대서양을 동시에 가지고 있는 나라입니다. 중미에서 멕시코 다음으로 큰 나라입니다.

국경을 벗어나자마자 바다 만큼 너른 호수를 만납니다. 이 호수엔 담수 상어가 살고 있다고 적혀 있습니다. 처음에는 호수 건너편에 화산이 있는 것인 줄 알았는데, 아닙니다. 호수 안에 있는 섬의 화산입니다. 왼쪽 화산은 1,610m짜리 콘셉시온Concepcion 오른쪽은 1,394m짜리 마데라스Maderas입니다.

"태평양과 대서양을 양쪽으로 가진 나라"

건기인 11월부터 5월까지는 연평균 기온이 12~25도 정도라고 하여 가을 날씨라고 여기고 중미로 왔는데, 웬걸 매일 35도 이상의 지독한 무더위에 시달리고 있습니다. 너무 더워서 자동차에서 내리기 싫을 정도입니다. 다시 산악 지대로 올라가고 싶다는 마음이 생길 정도입니다. 계기판에 외기 온도가 40도를 나타내고 있습니다. 너무 더워서 도저히 걸어다닐 수가 없습니다. 여행중 처음으로 마차 투어를 선택했습니다. 그라나다Granada 시가지 투어, 1시간에 US 20달러입니다.

중미에서는 많이 깨끗하고 세련된 나라 니콰라과. 소문과 달리 치안이 불안하다는 염려는 없었습니다만, 너무나 더워 수도 마나과는 패스했습니다. 그리곤 지체없이, 거침없이 올라갑니다.

14 온두라스 ——— 살인율 세계 2위의 살벌한 나라

"낮은 확률, 그러나 내가 당하면 불운 100%"

14
HONDURAS

혼란 그 자체, 온두라스의 입국장

니콰라과를 떠나 온두라스 입국장으로 넘어왔습니다. 니콰라구아를 떠나 온두라스로 가려해도. 돈을 내어야만 건너갈 수 있습니다. 출국세는 1인당 US 2달러씩 입니다. 저 푸른 색 창구안에서 여권을 전산 조회하고는 세관 직원이 뒤쪽 문을 열고 나와서 현금을 직접 수령합니다. 창구안에서 돈을 받고 영수증을 발급하면 될텐데 무슨 시스템이 이런지. 도저히 이해할 수가 없습니다. 중미에서는 온통 이런 일 투성이입니다. 견공도 출국장 바닥에 누워있습니다. 확실히 이곳은 개판입니다.

불안한 치안 속 마야 유적지 탐방

니콰라과를 떠나 온두라스로 넘어왔습니다. 우리나라보다 조금 더 큰 면적의 국토에 약 900만명의 인구가 사는 온두라스는 사실상 별 유명한 볼거리가 없는 나라입니다. 대신 무시할 수 없는 소문이 있습니다. 온두라스는 엘살바도르와 과테말라와 함께 중미에서 치안이 나쁘다고 소문이 자자한 나라입니다. 불안합니다. 이틀 동안 곧장 차를 달려 국경 근처의 유명한 유적지 코판Copan 을 찾았습니다.

대광장을 비롯한 5개의 광장이 있으며 이를 둘러싼 각 방향에 위치한 피라미드식 신전, 신관의 주거지들이 파괴되고 허물어 진 채 초라하게 보존되고 있습니다. 양철지붕 한 장으로 비와 직사광선을 피하고 있는 마야 석상에게 왠지 내가 괜히 미안한 기분이 들었습니다.

이곳 마야 문명은 기원전 5세기에 시작되었으며 8세기경에 가장 부흥했다고 합니다. 1,500년 전 별다른 장비도 없었을 그 당시에 이렇게 깊은 부조를 조각했다는 그 사실이 놀랍습니다. '아메리카의 아테네'라고 불리는데 저절로 동의하게 됩니다.

유적 곳곳의 계단이나 비석 그늘에서 사색을 즐기거나 명상에 잠겨있는 사람들을 볼 수 있습니다. 사람이 확실히 유적보다는 아름답습니다. 그렇지만 사람은 이 세상을 스쳐 지나가는 존재이고, 유적은 잘 보존되어 대대로 후손에게 전해져야 할 인류의 재산입니다.

구멍 가게조차 철창을 친 나라

세계에서 첫번째로 살인률이 높은 나라는 엘살바도르, 살인률이 두 번째로 높은 나라는 엘살바도르 옆이 바로 이 온두라스입니다.

아무리 치안이 나쁘다고 해도 분명히 사람이 사는 곳입니다. 하지만 만에 하나라도 내가 당하면, 내겐 100%의 불운이고 그 데미지는 상상을 초월합니다. 이런 나라일수록 움츠러듭니다. 음료수를 싣고 가게로 배달을 다니는 화물차에서도 무장한 경관이 먼저 내려 주변을 살피는 나라입니다. 작은 구멍 가게조차 철망 안에서 영업을 합니다. 철망 사이로 돈을 지불하고 물건을 전달 받고 있는 나라입니다. 슈퍼마켓 입구에도 무장 경호원이 지키고 있었습니다.

이 무서운 나라를 무사히 지나지 않고는 과테말라로 넘어갈 수가 없습니다. 그래서 일정을 최대한 간략하게 조정하여 온두라스를 통과하였습니다. 일요일 오후 4시 섭씨 38도의 숨막히는 무더위 속에 온두라스에서 과테말라로 넘어갑니다.

"밀림 속에 우뚝 솟은 마야의 피라미드"

GUATEMALA

티칼 유적

15
GUATEMALA

수천 년 전으로 돌아간 듯한 자연 속에서 캠핑

보이지도 않는 국경선을 넘어 과테말라로 입국했습니다. 소도시 치키물라Chiquimula에서 타이어 2짝을 교환하고 출발하려 했으나 다들 몸 상태들이 좋지 못합니다. 일정을 포기하고 하루 더 쉬기로 합니다. 마켓에 가서 장을 보고, 호텔로 돌아와 하루 더 머물겠다고 하니 예약이 차서 방이 없다고 합니다. 서둘러 검색하여 숙소를 옮겼습니다. 캠핑도 가능한 호텔이라 지난 밤 과용한 호텔비도 보충할 겸 모처럼 텐트를 쳤습니다.

수천 그루의 망고 나무 숲속에서 캠핑해 보신 분? 끈적끈적한 과즙이 철철 넘치는 잘 익은 망고를 실컷 따먹고, 많이 챙겼습니다. 여기 머무를 동안이라도 실컷 먹을 만큼 땄습니다. 오해하지 마시길. 이 호텔 안에서 망고는 무료입니다.

이튿날 찾은 캠핑장에서는 새소리, 동물 소리를 들으며 여태 경험 못해본 숲속 캠핑을 경험하려 하였으나 원숭이들의 습격을 조심하라는 안내문을 보고 캠핑을 포기하였습니다. 에어컨은 없으나 대신 개별 모기장이 있는 방을 선택했습니다. 오랜만에 모기장 안에서 잠들면 평온하게 잘 수 있을 줄 알았는데 양철 지붕위로 과일이 떨어지는 소리에 놀라 몇 번이나 잠이 깨었습니다.

날카로운 쇳소리 같은 새소리, 사랑에 빠진 프랑스 소녀가 속삭이듯 감미로운 새소리, 이름도 모양도 모르는 풀벌레 소리, 합창하듯 조화로운 개구리 울음소리, 간간히 반주처럼 낮게 들려오는 소름 끼치는 짐승의 포효, 촉수 낮은 희미한 전등가를 맴도는 벌레, 벽에 거꾸로 붙어있는 도마뱀, 그리고 색바랜 커튼 사이로 보이는 남국의 별…. 숲속의 밤은 더위에 지친 낮보다 더욱 더 분주하다는 것을 처음 알았습니다.

마야 문명의 본산, 티칼Tikal

　전통 농업국가인 과테말라에서 가장 유명한 여행지를 꼽으라면 마야문명
의 본산 티칼 유적지가 으뜸입니다. 온두라스에서도 마야 유적지를 보았습
니다만 규모도 몇 배나 크고, 관리 상태도 비교가 안될 만큼 훌륭하다는 평
가를 받고 있다고 해서 일부러 먼 길을 돌아 찾아갔습니다.

　무너지고 피폐해져 가는 유적들을 보노라니 이 첩첩산중 깊은 밀림 속에
서 그토록 오랜 세월을 이어오다 사그라든 이 문명과, 오늘날 이토록 바쁘
게 살아가는 우리들 현대 문명은 과연 무엇이 다를까 하는 생각이 끊임없이
이어졌습니다. 이 외진 곳에 서서 삶이 소중한 이유도 생각해 봅니다. 헐뜯
고 힐난하고 싸울 여유가 없습니다. 아끼고, 사랑하고, 보듬고, 격려하고 살
기에도 너무 짧은 인생입니다. 주차장으로 가는 숲길을 걸어 내려오며 나도
모르는 새 저절로 '황성옛터'의 노랫말을 흥얼거리고 있었습니다.

이런 거대한 바위산들도 허물어집니다.
찰나 같은 우리네 삶도 순식간에 사그라진다는 걸
늘 잊고 살아온 것 같습니다.

잊지 말고, 열심히 후회 없이 사랑해야 합니다.

벨리즈를 포기하고 멕시코로

과테말라를 벗어납니다. 작년부터 30일간 무비자로 갈 수 있게 된 벨리즈로 가려고 했으나 최신 정보가 너무 없습니다. 무엇보다 벨리즈 치안이 좋지 않았다는 오버랜더들의 절대적인 평가를 보고 핸들을 멕시코 방향으로 꺾었습니다.

지나는 길의 페텐 이차Peten itza 호수에 들렀습니다. '비 때문에 길이 지체되었습니다'가 아니고, 비 덕분에 이토록 전망 좋은 호숫가의 숙소에 머무는 행운을 얻었습니다. 개이는 비구름 사이로 노을이 집니다. 이런 곳에서는 적어도 며칠간 모든 걸 내려놓고, 잊고 덮어두고 그냥 산보하고 사색하고 사진 찍고. 혹은 아예 아무것도 하지 않고 아무 생각도 하지 않고 지내야 제격입니다.

콜롬비아에서부터 많이 지쳐 있습니다. 차도 지쳐서 한바탕 크게 홍역을 치렀는데 이번엔 사람이 시달리고 있습니다. 연일 이어지는 여정, 잦은 국경 통과에서 받는 통관 스트레스, 40도를 넘나드는 무더위, 불안한 치안에 대한 경계심과 피로, 끊임없이 덤벼드는 모기와 벌레, 기후에 어울리지 않는 감기까지 덮쳐 몹시 힘들어 하고 있습니다. 1억 2천의 인구가 활발하게 사는, 우리나라의 스무 배나 되는 넓은 나라 멕시코에서 원기를 회복하겠습니다.

작은 기적을 만드는 일

과테말라 입국 당일, 통관이 안된다고 합니다. 차량 입국세 22달러를 납부해야 하는데 담당자가 퇴근했다고 내일 오라고 합니다. 가장 가까운 숙소가 20km나 떨어져 있는데 택시 요금이 US 50달러입니다. 이 친구들은 내가 로또에 당첨되어 여행을 다니는 줄 아나 봅니다.

보세구역 내에서 텐트를 치기로 결정하고 세관직원에게 양해를 구했습니다. 예닐곱 살 된 딸을 옆 의자에 앉혀두고 업무를 보던 세관원이 쉽게 승낙을 합니다. 텐트를 치는 걸 보며 놀던 소녀가 귀여워 몇 개의 머리 고무줄을 선물했습니다. 저녁 준비를 하는데 그 소녀의 손을 잡고 세관 직원이 다가왔습니다. 한 손에 통관서류를 들고. 머리 고무줄이 작은 기적 같은 일을 만들었습니다.

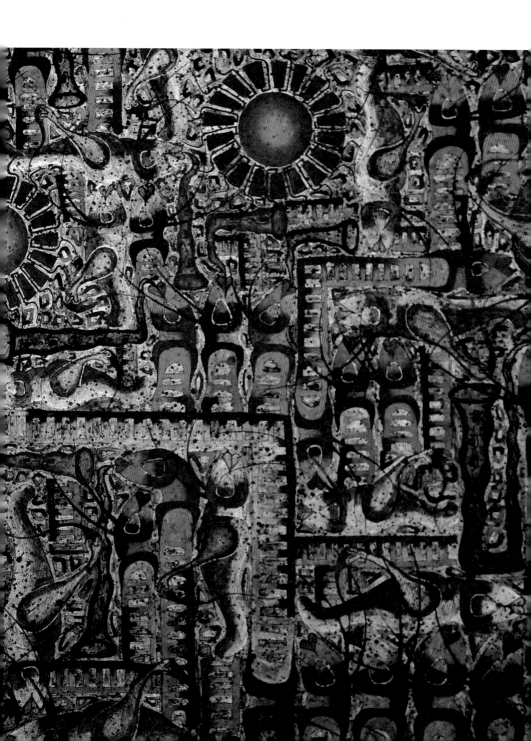

다양한 문화를 가질 수밖에 없습니다.

고대 아즈텍족의 군신軍神인 멕시틀리Mexictli의 이름에서 유래된 나라 이름입니다. 멕시코 남부의 엘세이보El Seibo 국경을 넘는 순간 초소에서 방독면을 쓴 세관원이 나오더니 차를 세우고 검역을 합니다. 설렁설렁 차 바퀴에 소독약을 뿌리더니 검역비 5달러를 내라고 합니다. "무이 꽈로." 너무 비싸다는 내 말 한 마디에 "그럼 4달러."랍니다. 기가 막힙니다.

인구는 세계 11위이며 면적은 우리 스무 배 정도나 되어 32개의 주로 나누어져 있습니다. 분명히 결코 얕볼 수 없는 강대국입니다. 하지만 미국과 3,200km나 되는 긴 국경을 맞대고 있으며, 당연히 미국의 직간접적인 영향력을 많이 받으며 지내온 나라입니다.

멕시코는 마야 · 아스테크 · 톨테크 문명 등 찬란한 토착 문화를 가졌습니다. 여기에 스페인 식민통치 시기에 유입된 서구 문명 때문에 혼합적이고도 다양한 문화를 가지고 있습니다.

돈 뜯기에 혈안이 된 마야 유적지

7세기~8세기경 전성기를 누리다가 어느 날 홀연히 사라져 버린 도시가 있었습니다. 1746년 스페인 성직자가 원주민 사냥꾼의 안내를 받아 이곳에 오기까지 800년 동안 밀림 속에서 잠들어 있었던 도시입니다.

그 팔렝케Palanque를 찾아 올라갔습니다. 진입로에서 1인당 30페소를 징수당합니다. 주차장으로 올라가니 주차비를 또 받습니다. 유적지로 들어가려하니 1인당 또 150페소씩 달라고 합니다. 달러도 안되고 카드도 안됩니다. 오로지 페소만 받습니다. 너무 더운 날씨에 짜증만 돋습니다.

내가 갈 길이 얼마나 먼 사람인데! 이제부터 시작되는 멕시코 여정에 유명한 마야 유적지가 얼마나 많은데, 스페인의 식민지배가 시작되면서 막을 내린 마야 문명에 내가 한이 맺힌 것도 아닌데, 내가 이 동네에 빚진 일도 없는데, 페소를 내놓으라고 득달하는 꼴에 눈꼴이 시어 그냥 돌아섭니다.

그렇게 나선 팔렝케에서 50km 쯤 산길을 달려 '푸른 물'이라는 뜻을 가진 아과아줄Agua Azul 폭포를 찾아갔습니다. 우기라서 물의 색이 원래 자랑하는 그 푸른색이 아닙니다. 탁하고 흐립니다.

유럽과 멕시코가 완벽한 조화를 이룬 도시

100여 km를 달려 이 도시 산 크리스토발 데 라스 카사스San Cristobal de Las Casas에 도착했습니다.

독특한 풍경입니다. 유럽의 거리라고 할 수도 없고, 멕시코 원래의 풍경이라고도 할 수 없고, 뭔가 미묘하게 혼합된 건 확실한데 구체적으로 설명할 수 없는 생경한 도시.

해발 2,100미터, 마드레 델 수르 산맥 위의, 멕시코에서도 꽤 오지축에 속하는 산골 도시임에도 보행자 전용 도로가 제법 많은 구간을 차지하고 있습니다. 그만큼 여행자가 많다는 이야기입니다.

불과 20만 인구의, 멕시코에서도 소문난 가난한 지역에 있는 이 도시가 외지인들의 입소문을 타기 시작하면서 관광객이 끊이지 않는 이유는 따로 있었습니다.

1880년경 인구 증대를 위해 대규모로 유럽인들의 이주를 추진했는데 그들의 후손들 중 약 400여 명이 이곳으로 터를 옮겼다고 합니다. 이유는 간단했습니다. 먹고 살기 편하고, 적당한 고도에 위치해 덜 덥고, 모기도 없습니다. 무엇보다 멕시코 치안 불명예의 대표주자인 마약이나 납치, 유괴 등 악랄하고 비인간적인 범죄가 없다는 것이 가장 큰 힘이 되었다고 합니다.

게다가 요리 또한 빠뜨릴 수 없는 장점입니다. 이주해 온 유럽인들의 요리 솜씨와 멕시코 전통이 조화를 이루어 만들어진 요리들이 점차 글로벌화 되면서 멕시코 대표적인 식도락 도시로 성장하게 되었습니다.

멕시코에서 가장 멕시코 다운, 와하까!

와하까주의 주도州都 와하까. 영어발음이나 구글에서는 오악사카Oaxaca 라고 표기되어 있지만 현지에서 오악사카라고 말하면 아무도 못알아 듣습니다. 현지인의 발음으로는 '와하까'입니다.

멕시코의 전신인 아스데카 제국의 중심지로 1,500년간 이어온 고대도시였으나 스페인 지배로 멸망하게 됩니다. 그러나 다행스럽게 원주민들이 가장 많이 거주하고 있었던 까닭에 전통 문화가 잘 지켜져 온 도시라고 합니다. 16세기경부터 건설된 스페인식 시가지도 지금까지 잘 유지되고 있습니다.

와하까의 명물 '툴레'를 보러 갔습니다. 세계에서 가장 큰 나무입니다. 멀리서 보고 숲인 줄 알았는데, 언뜻 수많은 나무들이 엉켜 자란 형상인데 자세히 보니 틀림없는 한 그루 나무입니다. 둘레가 58m, 높이는 42m. 나이라고 하면 안 됩니다. 연세! 연세가 무려 2,000년이 넘었습니다.

멕시코 와하까지방의 전통 공예품도 볼만 합니다. 나는 거창하고 대단한 이름난 유물보다 이런 아기자기한 소품들을 보고 다니는 게 훨씬 더 즐겁습니다.

이 도시를 수많은 사람들이 멕시코 문화의 뿌리와 중심이라고, 멕시코에서 가장 멕시코다운 도시라고 하는 이유를 조금씩 알 것 같았습니다.

와하까의 중심, 몬테 알반

몬테 알반Monte Alban은 와하까 중심가에서 서쪽으로 약 10km 떨어진 언덕 위에 있습니다. 그렇지만 이 유적지에 직접 올라와서 보면 이곳을 중심으로 하여 와하까 시내가 건설되었다는 것을 쉽게 알 수 있습니다. 360도 파노라마로 와하까 시내를 내려다볼 수 있는 중심입니다.

건축이나 설계를 전혀 모르는 내가 보아도 기하학적으로, 정교하게 대칭 설계되었음을 한 눈에 알 수 있습니다. 이 중앙 광장 외에도 몇 개의 집회와 행사를 위한 광장, 10개가 넘는 피라미드 신전들. 신전 주변을 장식하고 있는 각기 다른 모습의 돌기둥, 귀족들의 무덤으로 추정되는 200여 기의 무덤들이 주변에 널려 있습니다.

그 무덤에서 발굴된 여러 형상의 토우와 토기, 금은 보석으로 세공된 장
신구 등이 이 문화의 수준을 짐작하게 합니다.

▲ 춤추는 인물들

북측 궁궐터 에스텔라Estela입니다. 위로
18개의 돌기둥 밑둥들이 보입니다. 저 기둥
들이 버틴 그 위에 있었을 또 다른 건축물을
상상의 그림으로 그려봅니다. 지금부터 약
2,500년 전에 이런 대규모 석조 건축물을 세
웠다고 합니다.

'춤추는 인물들'이라는 이름의 비석 파편
은 아무리 보아도 사람의 모습을 새긴 게 아
닙니다. 내가 생각해 낼 수 있는 것은 오로지
우주인입니다.

멕시코와 스페인의 혼합 문화를 보여주는 푸에블라

푸에블라Puebla는 멕시코에서 네 번째로 큰 도시입니다. 이 도시에는 멕시코 특유의 문화와 스페인의 문화가 잘 어우러져 있습니다. 1531년 이곳을 침략한 에스파냐인들은 시가지에 바로크 방식의 건물들을 세우기 시작했습니다. 그 덕분에 여기에서도 바로크 예술의 정수를 모은 산토 도밍고 대성당과 대주교의 궁전을 비롯해 수많은 에스파냐 지배층 저택 등의 유적들을 곳곳에서 쉽게 만나볼 수 있었습니다.

종교서적이나 종교 관련 상품을 취급하는 매장이 여느 도시보다 많습니다. 신앙심이 깊은 도시라는 인상을 받았습니다. 도시 중심부는 물론, 도시 외곽 곳곳에서도 의아할 정도로 많은 성당을 만날 수 있었습니다.

그 배경에 비참한 원주민 학살의 역사가 있었습니다. 1519년 이 지역에 도착한 스페인 정복자들은 이곳 원주민들의 거친 저항을 받았고, 이에 많은 피해를 입은 정복자들은 중남미 정복 역사상 가장 잔혹한 대학살을 저지릅니다. 5,000명 이상의 원주민이 학살되었으며 그들의 신전을 파괴하고 그 자리에 모두 365개의 성당을 건설해 세웠다고 합니다. 하루에 한 채씩.

멕시코시티, 어둡고 경직된 도시

많은 대도시들로 진입할 때마다 외곽은 다들 정리되지 않았다는 공통점을 가집니다. 그런데 멕시코시티Mexico City는 더욱 심했습니다. 청결, 단정, 질서, 평온과는 거리가 먼 단어들만 자꾸 떠오릅니다. 지저분하고, 어두우며, 무질서하고, 우리를 쳐다보는 사람들의 표정도 무서우리만큼 경직되어 있었습니다. 경찰을 조심하라는 말을 하도 많이 들어서, 시가지에서는 경찰이나 순찰차를 볼 때마다 조마조마해졌습니다. 죄짓고 다니는 범죄인들은 도대체 얼마나 강심장일까 궁금하기까지 합니다.

멕시코시티 소칼로 대광장에는 메트로폴리타나 대성당이 자리잡고 있습니다. 1520년 스페인 점령기에 착공하여 300년의 오랜 기간 동안 공사를 거쳐 완성했습니다. 외관은 유럽의 성당과 비슷하나 스테인드 글라스가 없습니다.

비록 수백 년 전에 일어난 일이지만 멕시코 거의 전 지역에서 마야와 아즈텍인이 신성시한 그 신전들을 허물고 그곳의 주춧돌을 기반으로 성당을 지었다는 사실에 나 같은 이방인도 분통이 터지는데 정작 이곳의 현지인들은 아무렇지도 않게 생각하고 있으니 이것도 이상합니다. 아니면 남의 나라 과거에 집착하고 있는 내가 너무 집요한 건가요.

유적 전시의 혁신, 멕시코 국립 인류학 박물관

여행을 다니며 박물관은 가도 그만, 안 가도 그만인 곳으로 간주하고 다녔습니다. 미술을 몰라도 미술관에 가는 건 좋아하지만 박물관은 그다지 즐겨 찾지 않았습니다. 유적은 원래의 그 유적지에 있는 게 가장 좋다고 평소에 생각하고 있었기 때문입니다.

그러나 이곳은 유적 전시장의 혁신입니다. 유물의 배치나 조명 등도 일류 백화점 수준이라고 할 정도입니다. 유물의 이해를 돕고자 마련된 밀랍 인형들도 그 정교함에 혀를 내두를 지경입니다. 열람을 위한 동선 구조도 루브르나 오르세 박물관 등 유럽의 유명 전시장과 비교해도 전혀 손색이 없었습니다.

모든 시설이나 구조, 배치 등이 1964년, 지금으로부터 50년 전에 만들었다는 사실이 도무지 믿을 수 없을 지경입니다. 건물 외부에 설치된 단 하나의 기둥은 전체 천정을 떠받치고 있는 동시에 분수를 겸하고 있습니다. 2천년 된 생명의 나무 '툴레'를 형상화하여 만들었다고 합니다.

여태까지 다녀본 아메리카 대륙은 우리에 비해 비교적 역사가 짧기 때문에 독창적인 문화를 느끼기 힘들었으나 멕시코는 많이 달랐습니다. 비록 겨우 하루 다녀본 박물관 탐방에 불과했지만 이것만으로도 멕시코의 높은 문화 의식과 마야 문명과 아즈텍 문명의 경외심도 가지게 될 정도였습니다.

중미 스타일의 성모님이 나타났던 과달루페 성당

멕시코시티 시가지 북쪽에는 세계 3대 성모 발현지로 유명한 과달루페 성당Basilica de Guadalupe이 있습니다. 원주민들과 같은 갈색 피부, 검은 머리의 성모 마리아가 발현하신 것을 보고 전설 속의 여신이 드디어 등장한 것으로 여긴 많은 원주민들이 가톨릭으로 개종하는 계기가 되었답니다.

1531년 후안 디에고라는 이름의 인디언 개종자는 이 언덕 위에서 성모 마리아님을 만났습니다. 마리아는 이 자리에 성당을 세우라 하셨고 이 말을 주교에게 전하자 의심 많은 주교는 증거를 가져오라고 했답니다. 디에고가 다시 언덕으로 가니 성모님은 디에고의 겉옷에 장미꽃 몇 송이를 싸 주시며

주교에게 전하라 하셨습니다. 주교 앞에서 이 옷을 펼치자, 눈부시도록 활짝 핀 장미 다발로 바뀌어 있었다고 합니다.

장미가 없는 계절에 그곳에는 없던, 주교의 스페인 고향 지방에만 있는 그 장미가! 그리고 장미를 싸고 왔던 그 겉옷에 마리아의 모습이 그려지기 시작했다고 하며, 그 옷이 바로 성당의 제단 뒷편에 걸려져 있는 것이라고 합니다.

저녁에 숙소로 돌아와 들은 이야기입니다. 오래 전에 미국의 과학자들이 이 성모상을 연구한 적이 있었다고 합니다. 2천 배 정도 확대하자 성모님의 동공 안에 디에고가 주교에게 장미꽃을 전하는 그 모습이 그대로 나타나 너무 놀란 나머지 과학적인 검증을 포기했다고 합니다.

보헤미안 풍 예술가들의 도시

멕시코 북쪽 과나 후아토주의 중심 도시이자 유명한 관광지인 산 미겔 데 아옌데San Miguel de Allende의 대성당입니다. '산 미구엘'이 아니고 '산 미겔'이라고 해야 맞는 발음이라고 현지인에게 교정 받았습니다.

시내의 문화지구는 유네스코 문화유산에 등재되어 있습니다. 멕시코 정부에서 도심에 신규 건축을 규제하고 있다고 합니다. 문화 유적의 보존을 위해 주택의 수선도 엄격한 심사를 거친 후에만 승인된다고 합니다.

벽지의 작은 시골 도시임에도 예술가가 많은 도시로 유명합니다. 1940년 미술 학교가 설립되어 미국의 예술가들이 공부를 위해 이 도시로 옮겨오기 시작했고, 예술품을 만드는 공방과 전시실 등이 골목 곳곳에 자리잡고 있습니다. 이곳에서 개최하는 음악제를 비롯한 축제도 몇 개씩이나 된다고 합니다. 산 미겔San Miguel 대성당을 보면 알 수 있듯이, 성당의 건축양식도 타 도시와는 조금 다르고, 중미에서 볼 수 없었던 보헤미안 분위기가 물씬 풍기는 도시입니다.

가지각색 특색이 있는 멕시코의 도시들

3주간 멕시코에 머물렀습니다. 지금까지 거쳐온 멕시코의 여러 도시들은 모두 제각각 나름대로 자기만의 특색과 분위기를 가지고 있었습니다. 데킬라, 코로나 등 고유의 술도 좋았고 여러 종류의 음악과 춤을 즐기고 있었으며 오랜 선조 때부터 회화와 조각 등 미술 분야에서도 뛰어난 재능을 가지고 있었습니다. 무엇보다 다양한 음식 문화가 우리를 훨씬 더 쉽게 가까이 다가갈 수 있도록 매개체 역할을 해 주었습니다.

중남미 다른 나라에서는 보기 힘들었던 고유의 유적. 넓은 국토, 어디를 가나 볼 수 있는 장엄한 대자연과 경이로울 만치 아름다운 관광지, 남쪽에서 북쪽으로 거슬러 오르며 시간이 지날수록, 강대국이 될 가망성을 보며 기쁜 마음으로, 멕시코에 아쉬움을 가득 남기고 벗어납니다.

광고 모델로 데뷔하다?

지나가다 우연히 서비스 센터 간판을 보았습니다. 브레이크 패드와 연료 휠터 등 몇 가지 소모품들을 교환하고 점검도 받을 겸 들어갔습니다. 여태 세계를 돌며 갔던 서비스 센터 중 가장 큰 환영을 받았습니다. 매장의 직원들이 하던 일을 멈추고 나와 사진을 찍고 인사를 나와 정신이 없을 지경이었습니다.

사장님과 매니저랑 기념 촬영도 하고 우산 등도 선물 받았습니다. 단순히 소모품을 교환하려고 했는데 진단기 물리고 점검을 하고, 배터리 전원 보충에 각종 오일류까지 보충. 기분 좋은 점검을 해주었습니다.

그 틈에 내게 양해를 얻은 사장님은 급히 전문 광고업자까지 불러와 매장 선전용 동영상을 촬영했습니다. 헬리캠과 방송용 고급 기재까지 동원해 한국서 여기까지 올 만큼 이 차가 튼튼하고 강한 차라는 사실과, 자기 서비스 센터의 명성을 듣고 우리가 찾아왔다는 내용을 중심으로 찍어서 광고하겠다는데 거절할 이유가 없었습니다.

경찰을 조심하라는 멕시코 사람들의 당부

페루나 콜롬비아 등 중남미에서 치안이 나쁘다는 소문을 많이 접했지만 언제나 자기 나라는 이제 안전하다고, 강도, 도둑 소매치기들은 도시의 빈민가에서 조심하면 된다고, 예전의 이야기라고 안심하라고 입을 모아 말했습니다.

하지만 멕시코는 달랐습니다. 여행자나 현지에서 만나는 교민들은 물론, 심지어 식당이나 호텔의 직원들도 하나같이 주의를 줍니다. 길에서, 특히 산길에서는 절대 차를 세우지 말라고, 혹시 무리 지어 길을 막고 차를 세우면 그냥 밀고 도망가라고 합니다. 21세기에. 산적들, 떼강도, 권총강도, 그리고 특히 경찰을 조심하라고 신신당부를 합니다. 위급한 상황이 생기거나 도움이 필요하면 경찰을 찾아야 하는데, 되려 경찰을 조심하라는 소리를 귀에 딱지가 앉도록 들으니 어찌해야 될 지를 모를 지경입니다.

묻지도 않은 체류기간 때문에 출국세를 내라고?

멕시코 남쪽 국경으로 입국할 때 세관원은 체류기간을 묻지도 않았습니다. 입국필증에 '180일'이라고 기재하여 주길래 6개월간 체류할 수 있구나 여겼습니다. 그리곤 20일만에 멕시코를 출국하는데 입국필증에 180일로 기재되어 있으니 출국세를 납부하여야 한다고 합니다. 1인당 390페소를 내라고 합니다. 27,000원, 세 명이니까 곱하기 3하면, 8만원이 넘습니다. 내가 기재한 게 아니라고, 너희 세관 직원이 적은 거라고 강력히 항의하니 뒤에 앉아있던 잘 먹게 생긴 놈이 거들먹거리며 나옵니다. 실수를 한 놈한테 가서 따지라고 합니다. 2,100km 남쪽에 있는 그 놈한테 가서 고쳐오든지 돈을 내고 가든지 하랍니다.

"비견할 수 없는 생활의 윤택함과 초록이 주는 생명력"

미국 서부

16
UNITED STATES

14개월을 돌고 돌아 도착한 미국

미국에 들어왔습니다. 한국 번호판을 달고 육로 최초로 미국 국경을 넘어 들어온 자동차입니다. 드디어 미국에 입국하였습니다. 왠지 '드디어'라는 단어에 힘을 주어 말하고 싶었습니다. 인천공항에서 비행기를 타면 12시간이면 충분히 닿을 수 있는 미국을 14개월이 넘도록 돌고 돌아서 왔습니다.

국경을 건너 미국에 들어와서 제일 먼저 한 일은 맥도날드에 가서 햄버거로 허기를 달래는 것이었고 그 다음 한 일은 타이어 전문점을 찾는 것이었습니다. 3주일 전에 과테말라에서 교환한 새 타이어로 멕시코를 거치며 불과 4,000km를 달렸을 뿐인데 편마모가 심합니다.

타이어 가격은 미국답게 확실히 쌉니다. 그러나 타이어 가격에 장착비가 따라오고, 헌 타이어 폐기 요금도 붙고, 세금도 붙고, 인건비도 붙으니 사정은 달라집니다. 타이어 교정비도 99.99달러에 또 세금이 붙습니다. 순간의 실수로 새 타이어의 수명을 몇 개월이나 앞당겨버리는 우를 범했습니다. 실수는 언제나 많은 시간과 돈을 요구합니다.

멕시코인이 많이 사는 샌 안토니오

　35번 고속도로를 타고 미국 남부 텍사스 주의 남쪽 도시 샌 안토니오San Antonio로 들어왔습니다. 샌 안토니오는 미국에서 일곱 번째로 큰, 남부의 교통의 중심지입니다. 더불어 군사, 교육, 공업 도시입니다. 미국에서 가장 큰 공군 기지가 있습니다. 시가지 곳곳에서 군인들을 만날 수 있었습니다. 미국에서는 일곱 번째로 크지만 텍사스 주에서는 휴스턴 다음으로 인구가 많다고 합니다.

　길도 낯설고, 표지판도 낯섭니다. 교차로에서 한번 잘못 진입하면 10km 되돌아 오는 것은 애교입니다. 원래 샌 안토니오는 1718년 스페인이 세웠습니다. 1821년 멕시코 혁명이 일어나 멕시코령이 되면서 약 100년간 스페인과 멕시코가 이곳을 통치했습니다.

　수많은 고층 건물에 둘려 싸여 있는 성벽은 알라모 요새 유적지입니다. 텍사스 독립 전쟁 당시 의용대 180명이 멕시코군에게 전멸 당한 요새입니다. 이 잔혹성이 알려지면서 분노한 텍사스 거주자들이 대거 입대했고 그 결과 멕시코군을 격퇴합니다. 이런 과정을 거쳐 미국 영토가 된 이곳에는 멕시코인들이 많이 거주하고 있습니다. 또 멕시코 국경에서 가까워서 값싸고 풍부한 미국의 상품을 구매하기 위해 많은 멕시코인들이 국경을 건너 찾아와 대규모 쇼핑 센터가 즐비합니다.

　한 대형 아울렛은 텍사스 전통 부츠 조형물을 만들어 놓고 홍보를 하고 있습니다. 저 부츠에 맞는 발을 가진 사람이면 미국 땅도 그리 크지는 않을 것 같습니다.

허리케인의 피해를 입었던 뉴올리언스

휴스턴의 나사NASA를 둘러보려다 입장 마감 시간이 되어 지나쳤습니다. 양방향의 도로가 10마일. 수상 교각으로 되어 있습니다. 휴스턴부터 미시시피 강과 바다가 만나는 멕시코 만까지, 400km를 달리는 동안 이런 교량 도로가 셀 수 없을 정도로 계속 등장하며 이어집니다. 뉴올리언스New Orleans입니다.

내 여행에서, 아니 내가 살아오면서 건너본 다리 중 가장 긴 다리입니다. 이 교량의 총 길이는 무려 약 40km입니다. 다리 아래로 선명하게 수평선이 보입니다. 2005년 8월 카트리나가 몰아쳤을 때 이 거대한 폰처트레인 Pontchartrain 호수의 제방이 붕괴되어 태풍과 해일로 쑥대밭이 되었던 뉴올리언스 일대를 또 다시 덮쳤습니다.

강대한 문명의 진면목, 미국 동부

미국에 입국하여 줄곧 동쪽으로 왔습니다. 잭슨빌Jacksonville에서 한 교민분의 초대를 받아 지극한 환대를 받으며 잘 쉬었습니다. 그리고 다시 길을 떠납니다.

러시아를 시작으로 유럽의 수많은 나라를 지나고, 남미와 중미를 거쳐서 미국으로 넘어온 그날부터 이 나라의 윤택함과 파워풀한 모습에 질려 버렸습니다. 6개월 넘게 중남미를 다니다가 미국에 넘어오니 마치 한밤중에 선글라스를 끼고 다니다가 그걸 벗은 기분입니다. 도로 주변의 넘치는 쓰레기들은 어느새 사라져버렸습니다. 내게 무슨 감정이라도 있는 양 파고드는 끼어들기도, 보는 이의 간담을 서늘하게 하던 난폭 운전도 없어졌습니다. 굴

뚝처럼 매연을 뱉던 차도 보기 힘들고 트럭 적재함 위에 탄 사람도 못 보았습니다. 긴 국경선을 접하고 있는 멕시코와도 너무나 많이 다른 풍경의 이 미국을 사람들이 왜 강대국이라고 말하는지 희미하게 알 것 같습니다. 그런 미국을 좀 더 자세히 보기위해 동부의 대도시로 올라갑니다.

미국의 심장 워싱턴Washinton

미국의 심장 워싱턴으로 진입합니다. 워싱턴은 미국의 행정수도입니다. 그 행정부의 중심인 국회의사당도 이 곳에 있습니다.

워싱턴에는 초대 대통령 조지 워싱턴을 기념해 세운 높이 170m의 기념탑이 있습니다. 워싱턴에서는 이 높이를 넘는 건축물을 세울 수 없도록 법으로 규정되어 있습니다. 탑 표면의 대리석이 아래 위 색상이 다름을 볼 수 있었습니다. 공사기간이 37년이나 걸려 그동안 햇볕에 퇴색되었기 때문이라고 합니다.

백악관을 구경하기 위해 주차장을 찾아 헤매고 있었습니다. 우회전하자마자 반대편 차선에서 경찰차가 넘어오더니 내 앞을 가로막았습니다. 놀랄 틈도 없이 전후좌우 몇 대의 경찰차가 우리를 에워쌈과 동시에 무장한 경찰관들이 튀어 나왔습니다. 순식간에 포위 당했습니다. 영화에서 보던 장면 그대로였습니다.

여권과 면허 등을 건네주고 무전으로 조회하는 동안 일대의 교통이 마비되고, 수많은 관광객들에게 사진을 찍히는 신세가 되었습니다. 그러는 사이 요란한 사이렌을 울리며 견인차가 오더니 우리 차를 훌쩍 싣고서는 사라져 버렸습니다. 경관들의 삼엄한 기세에 눌려 한 마디 항변도 하지 못했지만 많은 시민들이 우리에게 엄지를 치켜 세워주었고, 또 몇 사람은 경찰에게 직접 항의하기도 했습니다. 대단하고 끔찍한 해프닝이었습니다.

주차장을 찾는 모습이 감시카메라에 수상한 차량으로 지적되어 높은 수준의 보안 비상이 걸렸다고 해명했습니다. 잠시 후 내게 전해진 견인차량 인수증에는 "이 차로 워싱턴 시내 진입을 금함."이라고 휘갈겨 적혀 있었습니다.

멀리 높은 곳에서 나를 겨누고 있던 몇 개의 총구를 우연히 본 그 순간부터는 오금이 저리고 살이 떨려 아무런 생각도 할 수 없었습니다. 예약해 둔 숙소도 내팽겨치고 그 길로 워싱턴을 떠나 뉴욕을 향했습니다.

뉴욕New York의 마천루, 맨해튼!

야간에 브로드웨이를 찾았습니다. 맨해튼의 브로드웨이 42번가, 흔히 '별천지'라고 불리는 곳입니다. 수많은 인종들이 모여 사는 곳이지만 살아가는 방법은 훨씬 더 다양합니다.

낮의 맨해튼을 보니 어째서 다들 맨해튼을 '마천루'라고 하는지 이해가 되었습니다. 나는 도산대로를 처음 보고도 놀란 촌놈입니다. 그런 내 눈에 고층 건물이 엄청나게 널려있는 맨해튼은 도산대로 수십 개 붙인 것처럼 보였습니다.

맨해튼의 건물도 놀랍지만 도심의 나는 센트럴 파크가 더욱 놀랍습니다. 세로 길이가 4km가 넘는 이런 공원이 시내 있다는 사실, 원래 판자촌과 돼지 농장이었던 곳을 시에서 사들여 세계 최대의 인공 공원으로 만들었다는 사실, 그게 지금으로부터 150년 전에 이루어졌다는 사실이 놀랍습니다.

외부만 한 바퀴 돌아보고 내부는 지나칩니다. 훗날 꼭 다시 찾아오면 그때는 아마 〈해리가 샐리를 만났을 때〉에서처럼 눈물 날 만큼 멋진 단풍길을 걸어보거나, 〈러브 스토리〉의 한 장면처럼 눈밭에 뒹굴어볼 것입니다.

미국에 들어와서는 아직 산을 넘어 본 적이 없습니다. 본 적도 없습니다. 그게 뭐 대수냐고요? 남쪽 멕시코 국경으로 들어와 동쪽 끝 잭슨빌까지 달렸고, 그곳에서 북쪽으로 뉴저지까지 열흘 넘도록 5,000km 이상 달렸습니다. 이렇게 달리고도 아직도 해발 500m를 넘는 산을 넘어 본 적이 없습니다. 이만큼 광활한 대륙입니다. 미국은.

캐나다에서 본 나이아가라 폭포

나이아가라 폭포 위의 레인보우 다리를 건너니 바로 캐나다Canada 입국 장이 나타납니다. 행여 실수로 출국 세관을 거치지 않고 지나왔는지 되돌아 보았습니다. 미국 출국 세관은 애당초 없습니다!

온몸에 문신을 한 털북숭이 세관원이 여권을 보며 얼굴을 대조합니다.

"캐나다 어디로 갈 거야?"

"토론토에."

"얼마나 있을 건데?"

"가보고 정하려고. 아마 일주일쯤…."

"OK, 여행 즐겁게 해."

"고마워, 근데 자동차 서류는 없는 거야?"

"그런 거 없어."

마치 아파트 출입구에서 경비원 아저씨가 몇 동 몇 호에 가느냐 묻듯이 검문하고는 미국을 떠나 캐나다로 들어왔습니다. 어안이 벙벙합니다.

캐나다에 들른 이유는 나이아가라 폭포를 보기 위해서입니다. 나이아가라 폭포는 미국 쪽에서 바라보는 풍경보다 캐나다 쪽에서 보는 모습이 훨씬 더 웅장하고 아름답습니다.

수십 척의 유람선들이 쉴 새 없이 폭포수 쪽으로 다가갑니다. 겁 없이 안데스 산맥도, 눈 덮인 몽골도 운전해 지나왔지만 저런 배는 타볼 용기가 나지 않습니다.

이구아수 폭포도 직접 운전해서 가보았고, 나이아가라 폭포도 이렇게 와서 보았습니다. 이제 세계 3대 폭포 중에 빅토리아만 남았습니다. 빅토리아 폭포는 언제 가볼 수 있을까 이제부터 꿈꾸어 보겠습니다.

너무 많은 것을 가진, 신의 사랑을 받은 듯한 미국

　우리 여행의 마지막 나라인 이 미국은 너무 많은 것을 가진 나라입니다. 미국은 큰 나라입니다. 하루종일 옥수수밭 사이로 난 도로를 달리는 경우도 있었습니다. 세계에서 가장 큰 나라는 러시아지만 불모지를 제외하고 실제로 사람이 살 수 있는 면적으로 따지면 미국이 세계에서 가장 큰 나라입니다. 자동차로 14개월 넘도록 여행하면서 그동안 지나온 러시아와 중앙아시아, 그리고 유럽의 대부분의 나라, 브라질과 아르헨티나를 비롯한 중남미의 모든 나라들의 재화를 전부 모아도 미국의 그것에는 결코 미치지 못한다는 생각을 굳히게 되었습니다.

불과 240년. 다른 나라에 비하면 미천(?)한 수준의 역사입니다. 신생국 수준을 겨우 벗어난 짧은 역사의 미국에게 신은 너무 많은 것을 베풀어 주었다는 생각을 지울 수 없습니다.

신은 너무나 불공평하다고 투덜대면서 이제부턴 서쪽으로 길을 서둘러야 합니다. 7월10일 인천행 비행기 티켓을 끊었습니다. 그 전에 LA에서 차를 선적해야 합니다. 이 여행의 끝이 보이고 있습니다.

영화에 많이 나왔던, 묘하게 친숙한 도시 시카고

미시간 주의 공업 도시 디트로이트, 인디애나 주를 거쳐 시카고에 들어왔습니다. 5대호의 하나인 미시간Michigan 호수입니다. 시카고 앞바다 행세를 하면서 많은 시카고인들의 사랑을 받고 있습니다. 호수인 주제에 바다만큼이나 큽니다.

미국에서 세 번째로 큰 도시인 시카고는 뉴욕의 맨해튼과 비슷한 느낌입니다. 그러나 맨해튼에서 느낀 정신 없는 소란함이나 넋이 나갈 만큼의 분주함은 없었습니다.

처음 온 시카고이지만 눈에 익은 장소가 퍽 많습니다. 영화 〈내 남자친구의 결혼식〉에서 줄리아 로버츠가 배를 타고 지나간 그 강과 다리를 건너가 보았습니다. 스파이더맨도 날아다녔고, 그에 질세라 슈퍼맨도 날아다녔던 건물도 올려다 보았습니다. 그리고 설명이 필요 없는 영화 〈대부God Father〉에서도 이 도시가 자주 등장했습니다. 옥수수 빌딩이라는 애칭을 가지고 있는 마리나시티 빌딩 역시 낯이 익은 건물입니다. 〈트랜스포머〉 등 이미 수많은 영화에 등장한 바로 그 쌍둥이 빌딩입니다. 이 도시 이름을 그대로 사용한 뮤지컬도 유명합니다. 여러모로 많이 친숙한 도시입니다.

▼ 쌍둥이 빌딩

인디언 족의 도시, 수 시티|Sioux City

와이오와주 북서부, 미주리 강의 상류 수 시티는 인디언 수족의 도시라는 뜻이라고 합니다. 시골 도시답게 낙농, 농업기계, 석재, 밀과 밀가루, 사료, 비료 공업이 발전한 도시입니다.

'수'라는 도시를 지나는 강이니까 당연히 '수' 강입니다. 이름 참 쉽습니다. 비가 온 후 수량이 많을 때는 정말 장관을 이룰 것 같습니다. 도심에 이런 폭포를 가진 강이 흐르고 있고, 강 주변 일대를 공원으로 잘 꾸며두었습니다. 앉아 쉴 수 있는 그늘이 없다는 게 불만이지만 이 넓은 공간은 정말로 부러웠습니다.

▼ 수 강

교과서에 나오는 큰바위 얼굴

수 시티Sioux City의 수 강을 한껏 부러워 하고, 배드랜드 국립공원, 라피드Rapid 시티를 거쳐 러시모어Rushmore 산의 큰바위 얼굴을 찾았습니다. 정식 명칭은 마운트 러시모어 국립 기념관입니다. 입장료는 무료입니다. 그러나 주차비는 놀라울 만치 비쌉니다. 멀리서도 잘 보이기에 잠깐 보고 그냥 차를 되돌려 나가거나 지나치려 했지만 진입로를 일방통행으로 아주 고약하게 만들어 두었습니다.

초등학교 때 교과서에서 처음보고 감동한 큰 바위 얼굴을 직접 두 눈으로 보다니 꿈만 같습니다. 단단한 화강암에 저런 조각상을 새기기 위해 얼마나 많은 노력이 필요했을까요. 87년 전 이 조각 작업을 위해 먼저 진입 도로를 만들고, 정상까지 나무 계단을 만들었으며 400여 명의 석공들이 17년간 로프에 매달려 작업했다고 합니다.

헤아릴 수 없이 많고, 드넓은 국립공원들

미국 북서부에는 국립공원들이 밀집해 있습니다. 밀집해 있다고 표현했지만 국립공원의 크기가 보통 우리의 충청도 크기입니다. 하루 이틀 머물며 보는 것은 그야말로 수박 겉핥기입니다.

미국의 국립공원 입장료는 결코 싸다고 할 수 없습니다. 그러니 연간 출입카드를 발급받기를 권합니다. 80달러를 납부하고 연회원 카드를 만들면 미국내 모든 국립공원을 1년간 무료로 다닐 수 있습니다. 출입하는 승용차 1대에 하나의 카드가 있으면 탑승자가 몇 명이건 상관없습니다. 몇 군데 국립공원만 다녀도 충분히 본전을 뽑을 수 있는 시스템입니다.

옐로스톤Yellowstone 국립공원은 미국 최초의 국립공원이라고 합니다. 아직도 화산활동이 있는 이 국립공원에는 일정한 간격을 두고 뜨거운 물이나 수증기를 폭발적으로 뿜어내는 간헐천이 있습니다. 60만 년 전 화산 폭발로 만들어진 것도 있습니다.

그랜드 테톤Grand Teton 국립공원을 옐로스톤 국립공원 근처에 있는 예고편이나 부록으로 여기는 분들이 많습니다. 그러나 나흘 동안 이 두 곳을 다녀본 나는 어디가 더 좋았다고 함부로 평가를 내리기 힘들었습니다.

아는 사람이 브라이어스 캐니언Bryce Canyon 국립공원을 다녀온 후 신선들이 땅에 내려와 소꿉놀이를 한 것 같다는 표현을 했습니다. 정말 적절한 표현이라고 생각합니다. 만약 다시 가게 된다면 꼭 협곡 아래에서 별을 바라보겠습니다.

미국인이 좋아하는 '그랜드'캐니언Grand Canyon

영국인들은 그레이트Great를 아주 좋아합니다. 미국인들은 그랜드Grand 를 무척 좋아합니다. 죽기 전에 꼭 가봐야 할 곳 100선, 지오그래픽이 추천 하는 지구 100선, 가장 많이 찾는 관광지 100선. 세계인의 버킷 리스트 등 에서 항상 1위를 차지하는 이곳 그랜드캐니언에 왔습니다.

협곡 건너 지평선 쪽이 LA나 라스베가스 방면에서 출발한 대부분의 관광 객이 찾아가는 남南 그랜드캐니언입니다. 직선거리로는 약 20km에 불과합 니다. 공원관리소에서 허가를 받아 계곡 아래의 트래킹 코스로 가면 꼬박 이틀이 걸린다고 합니다. 동쪽 89번 도로를 타고 돌아서 차로 가는 우리도 꼬박 하루가 걸렸습니다. 남쪽 전망대 입구까지 420km거리였습니다.

집채만 한 바위라는 건 이런 겁니다. 보는 순간 '신들의 공깃돌인가' 하는 생각이 들었습니다. 자동차와 비교하면 돌들의 크기를 쉽게 알 수 있습니다. 북쪽 그랜드캐니언에서 자동차로 남쪽 그랜드캐니언까지 가려면 '마블Marble캐니언'도 건너야 합니다. 이 마블캐니언이 우리에게 미국 민요로 널리 알려진 바로 그 '콜로라도Colorado' 강입니다.

남쪽 그랜드캐니언의 전망대에서는
단체 관광객들의 머리에 종이 봉투를 씌워서
눈을 가린 다음 전망대로 이끌고 옵니다.
일렬로 전망대 난간 앞에 세운 다음
하나, 둘, 셋! 봉투를 벗도록 합니다.

눈앞에 펼쳐진 이런 풍경을 보고
탄성을 지르지 않는 사람이 있을까요.

사막의 화려한 도시와 황량한 죽음의 계곡

불법 밀주와 불법 경마로 벌어들인 막대한 금액의 마피아 불법자금으로 모하비 사막 한가운데에 세워진 도시, 라스베이거스Las vegas입니다. 그 냥 한 번 보고 지나가는 것만으로도 충분히 만족할 수 있는 허세와 광란의 도시라고 판단하고 미련없이 떠납니다.

그리고 도착한 곳은 죽음의 계곡입니다. 세계에서 네온사인이 가장 휘황찬란한 도시에 있다가 풀 한 포기 나무 한 그루 없는 풍경을 보고 있으니 기분이 묘합니다. 전망대에 서서 데스밸리Death Valley 를 볼 때의 기분은, 구경이고 사진이고 다 때려치우고 어서 빨리 땡볕 아래 세워둔 차 안으로라도 들어가고 싶은 마음 뿐이었습니다. 섭씨 45도였습니다! 캘리포니아 사막 한가운데를 가로질러 서쪽으로 나아갑니다.

로키 산맥을 따라 서쪽으로 갑니다

로키산맥으로 다가갑니다. 파더 크로울리Father Crowley 전망대에 서서
내가 지나온 길을 되돌아 봅니다.

학생 시절에는 50대 어른들을 할배, 할아버지라고 불렀습니다. 군대 시

절, 청년 시절에는 50대를 보고 땡초, 영감이라고 했었습니다. 30대에는 50대를 보고 아저씨라고 했고 40대에야 어르신이라고 불렀습니다.

그랬던 내가 어느새 50대에 접어들었습니다. 그것도 50대 후반이라고 합니다. 마음은 아직도 청춘인데, 지금도 가끔씩 군대 시절 꿈을 꾸는데…

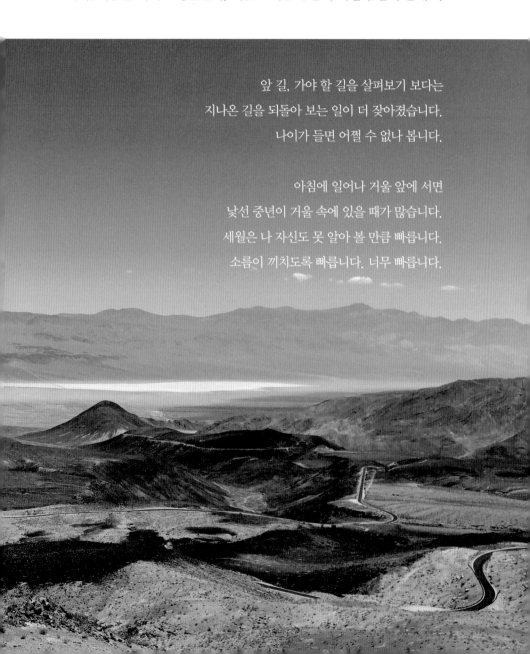

앞 길, 가야 할 길을 살펴보기 보다는
지나온 길을 되돌아 보는 일이 더 잦아졌습니다.
나이가 들면 어쩔 수 없나 봅니다.

아침에 일어나 거울 앞에 서면
낯선 중년이 거울 속에 있을 때가 많습니다.
세월은 나 자신도 못 알아 볼 만큼 빠릅니다.
소름이 끼치도록 빠릅니다. 너무 빠릅니다.

로키 산맥의 요세미티 국립공원, 기암괴석이 특이한 모노Mono 호수로 갔습니다. 대도시에서 비교적 먼 거리이며 산맥을 넘어가야 하는 등 접근성이 나빠 우리나라 관광객들에게는 별로 알려지지 않은 곳입니다. 눈 내린 직후, 바람이 잠잠한 날에 다시 와서 기암 괴석들이 호수에 투영되는 데칼코마니로 풍경을 찍을 수 있으면 얼마나 좋을까 생각해 봅니다.

미국의 초록은 평화이자 힘

요세미티를 벗어나 태평양 연안을 타고 LA를 그냥 지나 샌디에이고San Diego로 내려갔습니다. 군사 도시 샌디에이고의 항공 모함, 미드웨이호를 만나고 다시 LA로 돌아왔습니다. 범양해운 LA지사에서 깔끔하고 기분 좋게 운송계약을 맺고 자동차를 보세 창고에 입고하였습니다. 샌프란시스코발 귀국편을 예매했기에 렌터카를 빌려 그 유명한 캘리포니아 1번 도로를 이용하여 샌프란시스코를 향해 쉬엄쉬엄 달렸습니다.

태평양의 검푸른 바다, 부서지는 파도와 해안의 바위, 수평선, 뭉게구름, 절벽길 기암괴석은 남미의 해안과 거의 같습니다. 그러나 다른 것이 있습니다.

초록입니다. 미국의 절벽길 길섶과 산야는 나무와 숲과 풀로 뒤덮여 있지만 남미의 그 길은 황량한 갈색 바위와 모래에 내팽겨쳐져 있습니다. 초록이 이렇게 풍부하고 부유한 색상인 줄 미처 몰랐습니다. 초록이 주는 생명감과 안정감이 이렇게 대단한 것인 줄 몰랐습니다.

초록은 바로 '평화로움'이었습니다. 그러고 보니 평화를 상징하는 것은 거의 초록색입니다. 미국은 도로가의 풍경조차 평화로운데 남미의 그 넓은 대륙은 왜 평화롭지 못하게 느껴질까 또 곰곰 생각해 보았습니다. 결론은 '힘'입니다. 평화는 힘이 있어야 가능합니다.

여행
속 이야기

미국의 별별 주법들

■ 미시간 주

아내의 머리카락은 남편 소유물이라고 주법으로 규정되어 있습니다.

■ 인디애나 주

마늘을 먹은 지 4시간이 지나지 않았으면 영화나 연극을 보러 갈 수 없을 뿐
아니라 대중교통의 이용도 금지하고 있다고 합니다.

■ 아이오와 주

참 골치 아픈 법이 보입니다. 키스는 언제든지 할 수 있지만 5분 이상 해서
는 안된다고 합니다. 아이오와에 와서 사랑하는 사람과 키스를 할 때는 반드시 폰
의 스톱워치 기능을 활용하시기 바랍니다.

■ 코다 주

신발을 신은 채로 눕거나 잠을 자는 것은 위법입니다.

■ 와이오밍 주

6월에 토끼 사진을 찍으면 안된다고 합니다.

자동차 중심으로 돌아가는 사회, 미국

나는 미국에는 처음 온 촌놈입니다. 촌놈이 미국에 와서 가장 놀란 것은 고속도로를 비롯한 구석구석의 도로망입니다. 나라가 크니 자연히 이동 거리도 길어지고, 도로도 넓고 길고 또 거미줄처럼 많습니다.

'자동차 문화'라는 말이 미국만큼 잘 어울리는 곳은 없었습니다. 지나치는 동네 어귀마다 어김없이 자동차 용품점이 자리하고 있습니다. 단순한 이동수단으로서의 자동차가 이들의 삶에 영향을 끼친 것이 아니고 이들의 사회 구조 자체가 자동차를 중심으로 만들어져 있다고 하는 것이 제대로 된 표현인 것 같습니다.

마지막 가족, 돌아오다

LA에서 선적한 자동차가 한 달만에 인천항에 도착했습니다. 여름 휴가와 연휴로 통관이 더디게 진행되더니 한참 지나서야 힘들게 차를 찾아 왔습니다. 해외 거주자가 귀국할 때 가져오는 이삿짐과는 달리 한국에서 나갔다가 되돌아오는 이런 경우를 처리해 본 적이 없어 운송업체도 세관도 무척 혼란스러웠고 우여곡절도 있었지만 드디어 차를 찾았습니다.

오랜만에 인천을 찾았습니다. 집에서 택시로 역까지, 무궁화호를 타고 영등포까지. 영등포역에서 급행 지하철을 타고 동인천역에 내려 택시를 이용해 인천본부 세관을 찾아갔습니다. 자동차의 반입은 인천 세관의 별관 3층에 자리한 휴대물품과에서 담당하고 있습니다. 15개월 동안 내가 직접 거쳐 본 세관 중 가장 친절한 세관입니다. 우리나라 관세청이.

35도를 웃도는 무더위 땡볕 아래에서도 필수적인 세관 검색절차와 차대번호 확인 등의 절차는 예외가 없었습니다. 그렇지만 장거리 가족 여행자임을 알아보고는 무척 간략하고 좋은 분위기에서 세관 검사를 마칠 수 있었습니다.

　　동해항에서 블라디보스토크은 페리로 갔습니다. 런던 항에서 브라질의 리우데자네이루. 콜롬비아 카르타헤나에서 파나마의 콜론. LA에서 인천으로의 항로는 컨테이너를 이용했습니다. 4번의 뱃길. 결코 만만치 않은 비용을 지불했습니다. 육로로 국경을 건널 때는 보험료를 제외하면 거의 대부분의 국가가 무료인데 바다를 건너 다닐 때는 엄청난 비용을 치릅니다. 이 때문에라도 하루 빨리 통일이 되어 섬나라 신세를 어서 면해야 할텐데, 생각이 듭니다.

　　드디어 15개월간 생사고락을 같이하며 9만 km를 달려 우리를 여행시켜준 차가 드디어 곁으로 돌아왔습니다. 형언할 수 없는 기쁨을 느꼈습니다. 그야말로 감개가 무량했습니다.

　　여행의 살림살이들을 전부 내렸습니다. 그렇게 많고 무거운 짐들을 싣고 세상을 다닌 우리 차가 측은하기도 하고 자랑스럽기도 합니다. 이제 정말로 여행을 마쳤다는 사실이 실감납니다.

Don't
Stop
Dreaming

에필로그
_____ 끝까지, 꿈을 꾸길

셈해 보니 450일만에 집으로 돌아왔습니다.

현관을 열고 아파트 안으로 들어서니 15개월간 켜켜이 쌓인 먼지가 제일 먼저 나를 반겼습니다. 고향에 가서 홀로 계신 어머니와 장모님을 찾아 뵙고 인사를 나누었습니다. 그제사 우리 차를 가지고 여행을 다녀왔음을 이실직고 했습니다. 행여 걱정을 하실까봐 가족들도 모두 입조심하고 비밀로 해주어 그때까지도 차를 가지고 여행 다닌 줄 모르고 계셨습니다. 객지에서 가끔씩 전화를 올리면 건강하냐고, 모처럼 먼 길 떠났으니 걱정말고 많이 보고 배우고 오라고 말씀하셨습니다. 지난 연말까지는.

그러시던 어른들이 매화 필 무렵부터는 언제 돌아오느냐고 묻기 시작하셨습니다. 목련이 질 무렵부터는 보고 싶다고, 이제 그만 돌아오면 좋겠다고 조심스레 말씀을 시작하셨습니다. 날씨가 더워지자 기력이 떨어지면서 못보고 가게 될까 무섭다는, 무서운 말씀을 꺼내셨습니다. 그래서 결정했습니다. 알래스카와 극지를 꿈으로 미루어 두기로.

고맙습니다.

세 식구 모두 한 번도 크게 앓은 적 없이, 단 한 번의 접촉사고도 없이 여행의 최종 목적지였던 우리 집으로 무사히 돌아왔습니다. 천만다행입니다. 이제부턴 내 인생에서 가장 멋진 일은 오랫동안 꿈꾸던 여행을 무사히 마친 것과, 많은 이들이 해내지 못할 것이라고 말했던 이 여행을 무사히 다녀온 일이라고 자부하고 살겠습니다.

우리 여행의 부족한 이 기록들이 여행을 준비하는 다른 모든 이들에게, 특히 자기 차를 이용한 여행을 꿈꾸는 모든 이들에게 조금이라도 더 보탬이 되었으면 좋겠습니다.

그리고 꿈꾸는 모든 이에게 말하고 싶습니다. 일단 여행을 시도해 볼 것을 권합니다. 죽이 되든 밥이 되든 생쌀보다는 먹기 수월합니다. 우리 가족도 여행을 떠났습니다. 이걸 보면 누구에게나 여행의 기회는 분명히 있습니다. 문제는 기회가 왔음에도 자기 곁에 기회가 온 줄 모르는 데 있다고 자신 있게 말합니다.

흔히들 여행을 인생에 비유합니다. 인생을 여행에 비유하기도 합니다. 숨 멈출 때까지 내 인생은 이어질 것이고 그때까지 여행을 더 계속하고 싶습니다. 나는 알고 있습니다. 내가 다시 또 다른 꿈을 꿀 것이라는 사실을. 그 동안 거의 업무로만 드나들었던 일본을 내 차로, 여행 모드로 다녀보고 싶습니다. 호주 대륙도 꿈꾸고 싶습니다. 그리고도 더 꿈을 꾸고 싶습니다. 바로 이웃 나라이지만 자기 차를 가지고 쉽게 들어갈 수 없는 나라 중국도 가고 싶습니다. 끝까지 아프리카의 꿈도 꾸겠습니다. 그 꿈에 또 얼마나 많은 분들이 동참해 주실지 미리 기대해 봅니다.

그 동안의 응원과 격려에 깊이 머리 숙여 감사드립니다.

고맙습니다.

세계 여행을 위한
자동차 이야기

여행을 시작하고 수많은 분들로부터 끊임없이 자동차에 관한 질문을 받았습니다. 의외로 많은 사람들이 자동차를 이용한 여행을 꿈꾸고 있음에 놀란 적이 한 두 번이 아닙니다.

그러나 나는 자동차 전문가가 아니고 전문 지식도 없으며, 자동차를 따로 배운 적도 없습니다. 그저 자동차를 좋아하다 보니 자동차로 다니게 된 것뿐 입니다. 훗날 다른 분들이 자동차로 여행을 나설 때 조금이라도 도움이 되길 바라는 마음에서 제 어설픈 지식과 서툰 경험을 정리하여 적어 봅니다.

1. 어떤 종류의 차를 선택할 것인가

(1) RV (Recreational Vehicle)
다목적 차량. 차체가 크고 넓어 많은 짐을 싣고 다닐 수 있는 박스형태의 차를 지칭합니다.

(2) SUV (Sport Utility Vehicle)
RV안에 SUV가 포함됩니다. 전장을 누비는 강인한 차로 개발된 군용지프에서 비롯된, 기본적으로 험로를 달릴 수 있도록 제작된 차량입니다.

(3) MPV (Multi Purpose Vehicle)
미니밴. 사람도 타고 화물도 싣고 다닐 수 있는 차량입니다. 일반 승용차와 RV의 중간 형태입니다.

2) 어떤 구조의 차를 택할 것인가

(1) 프레임 방식과 모노코크 방식

랭글러

① 프레임 방식
차량의 뼈대가 되는 프레임 위에 엔진과 구동계가 장착되고, 차 외관을 결합시키는 형태입니다. 강철로 된 프레임이 견고히 지지하므로 강성이 뛰어납니다. 차체가 무거우니 당연히 연비가 떨어집니다.

② 모노코크 방식
많은 철판들을 용접하여 뼈대 없이 외부 차체만으로 하나의 박스처럼 만들어진 차체방식입니다. 프레임이 없으므로 가벼워 연비가 높아지고, 실내 공간 확보에 유리합니다. 그러나 비포장길이나 험로를 장시간 달리면 차체가 뒤틀려 망가질 우려가 있습니다.

트락숑 아방

(2) 엔진 배치와 구동방식에 따른 분류

① FF (Front Engine Front Wheel Drive) 전방 엔진 전륜 구동방식
가장 보편적으로 널리 사용되는 방식입니다. 실내 공간 확보에 가장 유리합니다.

② FR (Front Egine Rear Wheel Drive) 전방 엔진 후륜 구동방식
앞쪽 엔진에서 만들어진 동력이 뒷바퀴로 전달되는 시스템입니다. 실내 바닥 공간이 좁아질 수밖에 없습니다.

③ MR (Mid Engine Rear Wheel Drive) 중앙 엔진 후륜 구동방식
앞바퀴와 뒷바퀴 사이에 엔진이 있고 뒷바퀴로 구동하는 방식입니다. 제작비가 비싸며 공간이 좁습니다. 여행용 자동차와는 거리가 먼 차종입니다.

④ RR (Rear Engine Rear Wheel Drive) 후방 엔진 후륜 구동방식

차 뒷쪽에 엔진이 있고 뒷바퀴를 구동하는 방식입니다. 가속성능이 월등합니다. 이 역시 여행용으로는 곤란한 차량입니다.

⑤ Part time Four Wheel Drive 일시 사륜 구동방식

평상시 전륜, 혹은 후륜 구동으로 다니다가 필요시 선택적으로 4륜 구동으로 전환하는 일시 사륜 방식입니다. 파트타임 사륜구동이라고도 하며 운전자가 상황에 따라 2륜 또는 4륜 구동을 선택해 주행할 수 있는 방식입니다.

⑥ Full Time Four Wheel Drive 상시 사륜 구동방식

항상 네 바퀴에 구동력을 전달하는 방식입니다. 안정성과 추진력이 좋고 비포장 도로나 험로, 급경사로, 빗길이나 눈길 등 미끄러운 도로에서도 뛰어난 주행성능을 발휘합니다.

(3) 사용연료에 따른 구분

장거리 해외여행의 경우에는 LPG 엔진이 아니면 어느 쪽도 상관없다고 생각합니다. 디젤과 휘발유, 두 유종의 가격 차이가 별로 없는 나라도 많습니다. 소음이나 진동이 싫고 부드러운 가속감을 원하면 휘발유차를, 그냥 무난하게 달리고 연비가 좋은 차를 원하면 디젤차를 선택하면 됩니다. 어느 쪽을 선택하건 차량의 주유구에 눈에 잘 띄도록 디젤인지 가솔린인지 자기 차의 유종을 스페인어와 영어로 표시 하는 걸 잊지 말기 바랍니다.

(4) 기어변속 방식에 따른 구분

오토냐 수동이냐의 문제입니다. 비교적 단순한 구조인 수동변속기 쪽이 여러모로 유리합니다. 정비도 쉽고 연비, 엔진 브레이크를 이용한 내리막 급감속, 추월시 급가속도 수동 쪽이 더 유리합니다. 고장률도 물론 수동이 낮으며 초기 구매 비용도 절감할 수 있습니다.

3) 필요한 추가 작업

서울에서 몽골의 수도 울란바토르까지 자동차로 가는 길은 씽크홀이 군데군데 있지만 100% 포장도로입니다. 동해—블라디보스토크—하바롭스크—치타—울란우데—다르한—울란바토르로 가는 약 6,000Km의 경로입니다. 오일교환도 필요 없이 기름만 넣고 달리면 되는 길입니다.

"우리는 몽골초원을 달려보고 싶다."라고 한다면 사정은 달라집니다. '살아있는 모든 전자제품을 사망시킨다'는 몽골의 빨래판 도로를 달릴 예정이라면 프레임 구조의 4륜 구동 자동차입니다. 거기다 보강도 필요합니다. 그런 분들을 위해 또 적어 봅니다.

(1) 하체 보강

차체 하부에 녹이 스는 것을 방지하면서 비포장도로 주행시의 충격이나 주행소음도 많이 줄일 수 있습니다. 경제적으로 여유가 된다면 천장 및 벽체에도 추가로 소음 차단작업을 하면 훨씬 안락한 여행을 즐길 수 있습니다.

(2) 도난방지 대책 작업

기본적으로 경보장치는 필수 사항입니다. 유리창을 파손해도 내부로 침범할 수 없도록 특수 필름을 부착하거나, 파이프나 철망을 덧댄 방범창 작업을 추천합니다. 일부 고급차량들처럼 유리창이 깨어지면 자동으로 문이 잠겨져 외부에서 문을 열지 못하는 시스템을 갖추는 것도 좋은 방법의 하나라고 하겠습니다.

(3) 지붕 위 추가 적재함 설치

흔히 루프탑이라고도 합니다. 차량의 지붕 위의 공간을 활용하기 위한 선반을 설치하는 작업으로, 내부공간을 더욱 효율적으로 활용하기 위해 꼭 필요한 작업입니다. 그러나 지나치게 크면 높이 제한에 걸리는 경우가 생기고 주행 안정성이 저하됩니다.

(4) 오디오 보강

여행에서의 음악은 오아시스 같은 존재입니다. 오랜 시간 운전을 하면서 음악이 없다면 얼마나 지루하고 피로할까 상상해보면 쉽게 납득될 것입니다. 많은 곡을 담아 재생할 수 있도록 USB 등 외장하드를 연결할 수 있는 차량 오디오를 권합니다.

(5) 서스펜션

노면의 충격이 차체나 탑승자에게 전달되지 않게 충격을 흡수하는, 현가장치입니다. 경로가 온로드 위주인지, 오프로드가 포함되어 있는지에 따라 달라집니다. 본인의 승차 취향과 주행 패턴에 따라 전문가와 상의하여 최적화하면 더욱 편안한 여행이 보장됩니다.

(6) 타이어 체크

① 사계절용 타이어
겨울을 제외한 계절에 사용하는 타이어 입니다. 소음이나 승차감, 조종 안정성에 중점을 두어 각 계절용 타이어보다는 성능이 뒤지지만 일반도로에서는 무난하게 사용할 수 있습니다.

② 겨울용 타이어 (스노우 타이어)
저온에서도 부드럽고 말랑말랑하여 눈과 얼음에 밀착하여 달릴 수 있도록 만들었습니다. 흔히 스파이크라 불리는 스터드가 박혀 있는 타이어와, 트레드가 깊고 커프가 큰 타이어로 구분됩니다. 눈길에서는 강력한 성능을 발휘하지만 승차감이 조금 나빠지고 소음이 생긴다는 단점이 있습니다.

③ 머드 타이어
말 그대로 진흙에서 달리기 위한 타이어입니다. 진흙을 움켜쥐듯 잡고 달리기 위해, 또 바퀴에 달라붙은 진흙을 빨리 털어버리기 위해 깊고 큰 가로 방향의 홈이 파여져 있습니다. 우기의 아프리카 진흙탕 길을 달릴 계획이 아니라면 그다지 필요성을 느끼지 않습니다.

④ SUV용 타이어, 오프로드용 타이어

정통 산악용보다는 훨씬 경량화 되어있지만 세미 오프로드는 물론 눈길이나 진흙길에도 뛰어난 주행성능을 발휘하도록 개발된 타이어입니다. 신발로 표현하면 트래킹화 정도로 비교하면 됩니다. 측면과 바닥면이 두껍게 제작되었기 때문에 일반 도로에서 승차감과 소음이 문제라고 하지만 직접 사용해 본 결과 그런 감을 전혀 느낄 수 없었습니다. 장거리 여행이라면 반드시 추천하겠습니다.

4) 필수 공구

(1) 잭Jack

보통 쟈키, 작키라고들 부릅니다. 세단형 자동차가 아니라면 반드시 유압식 잭을 따로 구입하여 챙겨 가기 바랍니다. 믿을만한 제품으로, 차체 무게보다 허용치가 곱절 쯤 되는 큰 제품을 권합니다.

(2) 바퀴 버팀목 (고정쇠)

차량을 정비할 때는 가급적 평지에 주차하고 작업을 하는 것은 상식입니다. 평지일지라도 차가 움직일 우려가 있으니 고정판을 준비해 타이어 앞뒤로 받쳐 두어야 합니다. 철판으로 된 접이식 제품이 강도도 좋고 보관도 편리합니다.

(3) 배터리 시동 케이블

점프 케이블, 점프선이라고도 합니다. 누구나 당연히 가지고 다니는 공구입니다. 3~4m 길이가 가장 유용하게 사용할 수 있습니다. 인적 드문 곳에서 차량이 방전되었을 경우를 대비해 자체적으로 배터리 점프가 가능한 휴대용 점프 스타터도 가지고 다니면 꽤 요긴하게 쓸 수 있는 제품입니다.

(4) 견인줄

무거운 쇠사슬이나 체인보다 합성 나일론으로 된 가벼운 제품을 추천합니다. 최소 견인 지지력 5톤이 되어야 안심하고 쓸 수 있습니다.

(5) 블랙박스

여행중 불미스럽게 사고가 생겼을 경우에 대비해 반드시 필요한 장비입니다. 대부분의 경찰이나 목격자는 현지인과 한편이 됩니다. 백마디 말보다 사고 순간이 담긴 객관적인 영상이 훨씬 효율적인 판단 자료가 됩니다.

(6) 공구류

드라이버와 플라이어를 비롯하여 몇 가지 치수의 스패너 등 기본 공구는 필수적으로 가지고 다녀야 합니다. 타이어를 교환할 때 에어 임팩트 대신 가장 효과적으로 사용할 수 있는 십자형 휠 너트 렌치를 꼭 가져가길 추천합니다. 공구함 구석구석에 고무 코팅된 면장갑을 많이 채워서 가지고 다니면 잡소리도 방지할 수 있고 작업시 편리합니다.

(7) 보조 계기판 작업

① 배터리 전압을 표시하는 전력계
매일 아침 차체 하부와 엔진룸을 열어 점검을 하고 출발하는 습관을 가지고 있습니다만 배터리의 상태를 육안으로만 판별해서는 안심이 되지 않습니다.

② 타이어 공기압 경보 장치
공기압 경보 장치도 무척 편리하고 유용한 장치입니다. 주행감각이 뛰어난 운전자라고 할지라도 주행 중에 공기압이 떨어지는 것을 재빨리 알아차리기는 어렵습니다.

③ 고도계
손목시계나 휴대폰의 앱으로 고도를 알 수 있지만 운전 중에는 제법 성가십니다. 인터넷으로 디지털 고도계를 구매하여 운전석 앞에 붙여 두는 것도 좋은 방법입니다.

(8) 기타 추가 부품 및 소모품

와이퍼나 연료 휠터, 에어 휠터, 오일 휠터 등은 예상 주행거리에 맞추어 가지고 다니는 게 좋습니다. 브레이크 패드도 챙겨야 합니다. 아주 특수한 등급의 전용 오일만 사용한다면 무겁더라도 가지고 다녀야 합니다.

몇 가지 중요 부품들도 예비품을 챙겨 갈 수 있다면 싣고 떠나길 권장하겠습니다. 냉각용 워터펌프나 고압 연료펌프, 오일 펌프, 알터네이터, 타이밍 벨트 등이 그것들입니다. 필수 부품이지만 현지에서 구할 수 없어 며칠씩 일정이 지체되고 고생한 뼈아픈 경험이 있습니다.

이 밖에 소화기, 안전삼각대와 경광봉, 형광색 작업 조끼 등은 안전사고 대비 물품들은 몇몇 나라에서 반드시 자동차에 비치되어 있어야 하는 필수품이기도 합니다. 유럽에서는 벌금을 물기도 하고 비상시에 정말로 도움이 되므로 챙겨가서 수시로 확인하기를 바랍니다.

준비해 갔던 것 전부 소진하고 브레이크 패드 두 세트와 에어휠터 두 통만 남기고 돌아왔습니다.

5) 내가 추천하는 자동차

같은 목적을 가진 사람들이 많이 이용하는 차가 보편적으로 가장 적합한 차라고 단언합니다. 세계 곳곳을 다니며 다른 여행객들은 어떤 차로 다니는지 늘 관심을 가지고 살펴보고 체크했습니다. 여행 중 본 세계 여행객들이 가장 많이 이용했던 자동차는 아래와 같습니다.

폭스바겐 미니버스   랜드로버 디펜더

도요타 랜드크루저   벤츠 캠핑카

어느 메이커의 어떤 모델의 차량이 여행에 가장 적합한 자동차라는 것을 판단하고 선택하는 것은 여행자 본인의 선택입니다. 몇 개월, 혹은 그 이상의 짧지 않은 기간 동안 상상하기 힘들만큼 장거리를 달려야 하는 세계여행에서는 힘차게 잘 달리고, 잘 올라가고, 안전하게 잘 내려오고, 부드럽게 잘 돌고, 적절하게 잘 서는 기본에 충실한 자동차가 으뜸입니다.

다른 사람에게 여행용 자동차를 추천한다면, 또 내가 다시 여행을 떠난다면 어떤 차를 선택할 것인가 하는 관점에서 심사숙고한 끝에 다음의 차를 골랐습니다.

(1) 폭스바겐 T6

박스형 차량인 만큼 적재 공간이나, 거주 공간 등 공간 활용성이 뛰어납니다. 적재중량 3.2톤이니 어지간한 비품과 장비를 모두 싣고도 두 명이 실내 취침 가능하도록 효율적으로 꾸밀 수 있습니다. 몇 가지 보강작업을 거친 후 다시 우즈베키스탄과 이란, 조지아와 터키를 지나 아프리카로 가는 여행을 꿈꾸어 보겠습니다.

(2) 랜드로버 디펜더

고장이 나도 누구나 쉽게 고칠 수 있을 만큼 단순하고 무식하게 정직한 이 기계 장치는 원산지인 유럽에서는 물론, 아프리카에서까지 맹활약하며 오프로드를 누비고 있습니다.
120Km/h를 넘어서면 주행안정성은 솔직히 1톤 포터보다 못합니다. 하지만 자동차 세계여행에서는 그런 속도로 다닐 일이 거의 없습니다. 적당히 손보고 보완하여 감성적이고 낭만적인 여행을 떠나고 싶습니다.

(3) 도요타 랜드크루저 70

파트타임 사륜 구동방식입니다. 4.0리터 V6 '1GR-FE' 가솔린 엔진이 탑재 되었으며 231마력, 36.7kg · m의 나무랄 데 없는 충분한 동력성능을 확보하고 있습니다. 리터당 5km를 못 가는 연비가 많이 부담스럽습니다.
그렇지만 꿈을 꿉니다. 블라디보스토크에서 자루비노를 거쳐 중국 연변으로, 하얼빈과 만주땅을 달려 베이징과 시안으로 가 서쪽으로 우루무치를 지나 네팔과 파키스탄, 우즈베키스탄과 이란을 거쳐 아프리카로 가는 여행을 꿈꾸어 보겠습니다.

추천사 _____

■ 일본에 있을 때부터 여행 출발 과정부터 블로그를 지켜봤습니다. 먼 훗날, 저도 가족과 함께 이런 자동차 여행을 꼭 해보고 싶습니다. 진정 자랑스런 한국인입니다.

— 오승환 (메이저리거)

■ "조용필이 나의 친구다"라고 하면 다들 깜짝 놀란다. 그 가수왕 말인가? 라고 되물으면서. 하지만 이 사람은 가수왕이 아니라 자유왕自由王이다. 오십대 중반의 나이에 가족을 이끌고 자동차 세계 일주를 다녀왔으니 가히 인생의 왕 아니겠는가. 어릴 적 여행가 김찬삼의 책을 닳도록 읽고 난 후, 세계 일주를 필생의 꿈으로 세운 이 남자. 돈도 시간도 모자랐다. 하지만 검은색 중고 '랜드로버 디스커버리'에 모든 것을 실었다.

나는 이 책의 저자가 여행을 출발했을 때부터 그의 팬이었다. 그는 모르겠지만, 가도 가도 끝이 없는 시베리아 들판에서 그가 지쳤을 때 멀리 북동쪽을 향해 기운을 불어 넣는 성호를 그었다. 특히 남미에서 자동차 고장으로 여행이 중단 위기에 처했을 때는 덩달아 마음이 바짝바짝 졸아드는 듯 했다.

1년 3개월의 긴 여행을 끝내고 친구가 돌아왔다. 그리고 그 동안의 땀과 눈물이 고스란히 배인 책을 내었다. 자동차 몰고 세계 일주 다녀온 여행기가 처음이 아닌 줄 안다. 하지만 이 책은 기존의 책들에 비교했을 때 생각의 깊이와 정보의 수준이 사뭇 다르다. 페이지를 열자마자 금방 끝 페이지에 이를 만큼, 흥미진진한 재미는 덤이다.

— 김동규 (동명대학교 광고홍보학과 교수)

■ 그는 쌓아 둔 돈이 넘쳐나서 이 여행에 나선 것이 아니다. 세계 여행은 철부지 중학생 시절부터 그의 꿈이었다. 그는 빚 보증 때문에 가족들을 지방에 남겨둔 채 단돈 50만 원만 지닌 채 홀로 서울로 올라왔다. 죽을 노력을 다하여 몇 년 뒤에 가족을 불렀다. 그 힘든 상황에서 옆도 돌아보지 않고 오로지 일만 하면서도 그는 꿈을 내려놓지 않았다. 50대 중반에 이른 어느 순간 그는 결심했다. "지금이 아니면 그 꿈은 이룰 수가 없다. 더 안정되길 기다려서는 영원히 기회가 안 올지도 모른다."고. 그리고 가진 것 없어도 행복하게 사는 법을 아프리카, 안데스 원주민에게 배우면 된다며 긴 여행길을 떠난다.

우리는 하고 싶은 일이 있지만 대개 현실에 쫓겨 뒤로 미루다가 결국은 못 하고 만다. 그래서 그의 여행은 용기에 관한 이야기다. 이제 막 자아와 마주하기 시작한 10대도, 험난한 현실과 부딪쳐야 하는 20대도, 그리고 삶에 치여 주눅들어가는 50대도 큰 숨 한번 들이쉬고 가슴을 쫙 펴고 씩씩하게 헤쳐 나갈 수 있게 하는 용기에 관한 이야기다.

― 정기동 (변호사)

■ 최근 10년간 휴가도 제대로 떠나 본 적이 없을 정도로 회사일에 매달려 살아 온 내게, 친구가 생업을 정리하고 아들까지 휴학시켜 가족 동반으로 자동차 세계 여행을 떠나겠다고 말했을 때 큰 충격을 받았다.

고교동기 모임의 SNS에 매일 올라오는 정치, 사회 뉴스 브리핑에 대해서 가끔 달아 둔 댓글을 보면 그 핵심을 요해하고, 비판하는 시각이 남달랐던 이 친구. 그가 견문록을 썼다고 하니 친구의 도움으로 내 좁은 식견의 벽이 넓어지기를 기대하며, 많은 분들에게도 일독을 권합니다.

― 김경진 (동부건설 주식회사 대표이사)

#페루 마추픽추

모로코

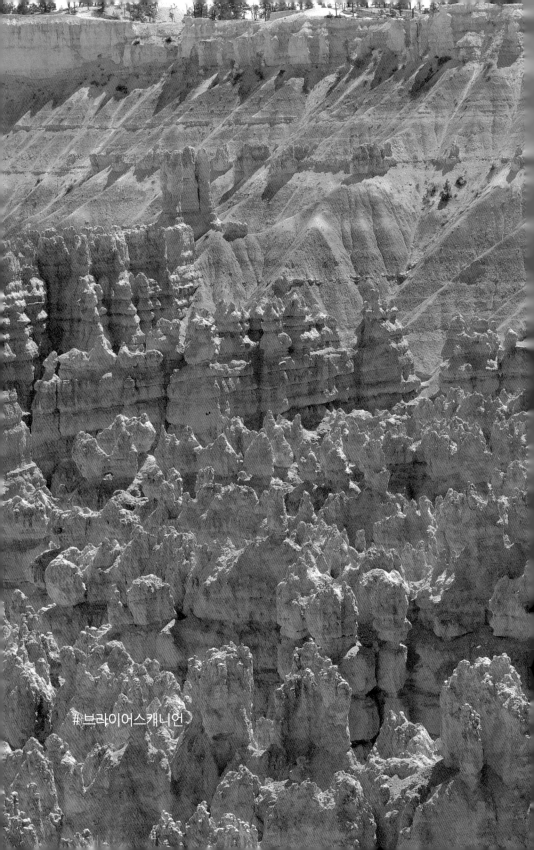

#브라이어스캐니언

내 차로 가는 세계 여행 2

– 남미 · 북미를 가로지르다

초판 1쇄 2016년 12월 01일
초판 2쇄 2016년 12월 07일

지은이 조용필
펴낸이 류종렬

펴낸곳 미다스북스
총　괄 명상완
마케팅 권순민
편　집 이다경
디자인 한소리

등록 2001년 3월 21일 제313-201-40호
주소 서울시 마포구 양화로 133 서교타워 711호
전화 02)322-7802~3
팩스 02)6007-1845
블로그 http://blog.naver.com/midasbooks
트위터 http://twitter.com/@midas_books
이메일 midasbooks@hanmail.net

ISBN 978-89-6637-483-0(04810)
　　　978-89-6637-481-6(04810) 세트

값 **15,800원**

미다스북스는 다음 세대에게 필요한 지혜와 교양을 생각합니다.